Natur
from Harry "Potter"

Love

X

THE PECKOVER
SCHOOL

O LEÃO, A BRUXA
E O GUARDA-FATOS

C. S. LEWIS

As Crónicas de Nárnia

O LEÃO, A BRUXA
E O GUARDA-FATOS

Volume II

Ilustrações de Pauline Baynes

EDITORIAL  PRESENÇA

www.narnia.com

FICHA TÉCNICA

Título original: *The Lion, The Witch and The Wardrobe – The Chronicles of Narnia*
Autor: *C. S. Lewis*
Copyright © CS Lewis Pte Ltd. 1950
Ilustrações das páginas interiores: Pauline Baynes © CS Lewis Pte Ltd. 1950, 1951, 1952, 1953, 1954, 1955, 1956
Ilustrações da capa e contracapa: Pauline Baynes © CS Lewis Pte Ltd. 1959
Narnia e The Chronicles of Narnia são marcas registadas de CS Lewis Pte Ltd.
Edição publicada por Editorial Presença sob licença de The CS Lewis Company Ltd.
Tradução © Editorial Presença, Lisboa, 2003
Tradução: *Ana Falcão Bastos*
Revisão de texto: *Carlos Grifo Babo*
Composição, impressão e acabamento: *Multitipo — Artes Gráficas, Lda.*
1.ª edição, Lisboa, Maio, 2003
Depósito legal n.º 192 555/03

PARA LUCY BARFIELD

Minha querida Lucy:

Escrevi esta história para ti, mas quando a comecei não me apercebi de que as raparigas crescem mais depressa que os livros. O facto é que já estás demasiado crescida para histórias de fadas e na altura em que o livro estiver impresso e encadernado vais estar mais crescida ainda. Porém, um dia virá em que terás idade suficiente para recomeçares a ler histórias de fadas. Poderás então tirá-lo de uma prateleira, do alto de uma estante, limpar-lhe o pó e dizer-me o que pensas dele. É provável que nessa altura eu já esteja demasiado surdo para ouvir e demasiado velho para entender uma palavra do que disseres, mas ainda serei

o teu padrinho muito amigo,
C. S. Lewis

ÍNDICE

1

LUCY ESPREITA PARA DENTRO DE UM GUARDA-FATOS

Era uma vez quatro crianças chamadas Peter, Susan, Edmund e Lucy. Esta história é sobre uma coisa que lhes aconteceu quanto tiveram de sair de Londres durante a guerra, devido aos ataques aéreos. Enviaram-nas para casa de um professor, que vivia em pleno centro do país, a 15 quilómetros da estação de caminhos-de-ferro e a três quilómetros da estação de correios mais próxima. O professor era solteiro e morava numa casa enorme com uma governanta, a Senhora Macready, e três criadas. (Os nomes destas eram Ivy, Margaret e Betty, mas não têm um papel muito importante na história.) Era um senhor idoso, com uma cabeleira branca desgrenhada e muitos pêlos a cobrir-lhe a maior parte da cara, e os garotos gostaram dele quase à primeira vista; porém, ao anoitecer do dia em que chegaram, quando ele apareceu para recebê--los à porta de casa, acharam-no com um ar tão esquisito que Lucy (a mais nova) teve um nadinha de medo dele e Edmund (o mais novo a seguir a ela) ficou cheio de vontade de rir e, para disfarçar, teve de fingir que estava constantemente a assoar-se.

Nessa primeira noite, mal se despediram do professor e subiram para se deitar, os rapazes foram até ao quarto das raparigas para trocarem impressões sobre o assunto.

— Não há dúvida de que estamos cheios de sorte — disse Peter. — Isto vai ser esplêndido. Esse velhote vai deixar-nos fazer tudo o que quisermos.

— Acho-o amoroso — disse Susan.

— Ora, deixa-te disso! — exclamou Edmund, que estava cansado e a fingir que não estava, o que o deixava sempre de mau humor. — Pára lá de falar assim.

— Assim, como? — perguntou Susan. — De qualquer modo, a esta hora já devias estar na cama.

— A tentar falar como a mãe — respondeu Edmund.
— E quem és tu para dizer quando é que tenho de ir para a cama? Vai tu para a cama.
— Não era melhor irmos todos dormir? — sugeriu Lucy.
— Se nos ouvem aqui a falar, vão dar-nos uma descompostura.
— Não vão nada — disse Peter. — Só vos digo que isto é o género de casa em que ninguém se importa com o que fazemos. Seja como for, não nos ouvem. Daqui à sala de jantar são dez minutos de caminho e pelo meio há uma data de escadas e de corredores.
— Que barulho foi aquele? — perguntou Lucy de repente. Nunca na vida tinha estado numa casa tão grande e pensar em todos aqueles corredores compridos e todas aquelas salas vazias causava-lhe arrepios.
— É só um pássaro, pateta — respondeu Edmund.
— É um mocho — acrescentou Peter. — Este sítio é maravilhoso para aves. Agora vou para a cama. Amanhã vamos fazer uma exploração. Sabe-se lá o que se encontra num lugar como este. Viram aquelas montanhas quando estávamos a chegar? E os bosques? Talvez haja águias. E veados. E deve haver falcões.
— E texugos! — exclamou Lucy.
— E raposas! — disse Edmund.
— E coelhos! — acrescentou Susan.
Porém, na manhã seguinte não parou de chover e a chuva era tão forte que, quando se olhava pela janela, não se viam montanhas, nem bosques, nem sequer o riacho do jardim.
— Claro que *tinha* de estar a chover! — refilou Edmund.
Tinham acabado de tomar o pequeno-almoço com o professor e de subir para a sala que este mandara preparar para eles — uma divisão comprida de tecto baixo, com duas janelas a deitarem para um lado e mais duas para o outro.
— Pára lá de resmungar, Ed — disse Susan. — Aposto que daqui a uma hora o tempo vai melhorar. E entretanto estamos aqui muito bem. Temos uma telefonia e uma quantidade de livros.
— Isso não me interessa — retorquiu Peter. — Vou explorar a casa.
Todos concordaram com aquela ideia e foi assim que as aventuras começaram. Era o género de casa que parece não ter fim e estava cheia de sítios inesperados. Como tinham imaginado, as pri-

meiras portas que abriram davam para quartos de dormir deso-
cupados; mas daí a pouco chegaram a uma sala muito comprida
cheia de quadros, onde encontraram uma armadura; depois descobriram outra sala com as paredes cobertas de panos verdes e uma
harpa a um canto; a seguir desceram três degraus, subiram cinco e
foram dar a um salãozinho agradável, com uma porta que deitava
para uma varanda, e depois uma série de saletas que comunicavam
umas com as outras e tinham as paredes revestidas de livros — na
sua maioria livros muito velhos, e alguns maiores que um missal de
igreja. E daí a pouco estavam a espreitar para dentro de uma sala
que estava vazia, à excepção de um grande guarda-fatos, desses que
têm um espelho na porta. Não havia absolutamente mais nada nessa
sala, a não ser uma varejeira morta no parapeito da janela.

— Aqui não há nada! — concluiu Peter.

Voltaram a sair todos em molho, menos Lucy, que ficou para
trás por pensar que devia valer a pena tentar abrir a porta do
guarda-fatos, ainda que estivesse quase certa de que o deviam
ter fechado e tirado a chave. Para sua surpresa, abriu-a com toda
a facilidade e duas bolas de naftalina caíram lá de dentro.

Ao olhar para o interior, viu vários casacos pendurados, na
sua maioria casacos de peles, muito compridos. Não havia nada
de que Lucy mais gostasse do que cheirar e apalpar peles. Entrou
imediatamente no guarda-fatos e meteu-se entre os casacos a

esfregar o rosto neles. É claro que deixou a porta aberta, pois sabia que é uma tolice uma pessoa fechar-se num guarda-fatos. Pouco depois avançou um pouco mais e descobriu que havia uma segunda fila de casacos pendurada atrás da primeira. Ali já estava bastante escuro e Lucy esticou os braços à sua frente para não bater com a cara no fundo do guarda-fatoss. Deu mais um passo, depois mais dois ou três, sempre à espera de sentir uma tábua contra a ponta dos dedos. Mas não sentiu nada.

«Este guarda-fatos deve ser enorme!», pensou, avançando ainda mais e afastando as pregas macias dos casacos para poder passar. Foi então que reparou em qualquer coisa a estalar-lhe debaixo dos pés. «Serão mais bolas de naftalina?», perguntou a si mesma, inclinando-se para as apalpar. No entanto, em vez de sentir a madeira dura e lisa do chão do guarda-fatos, sentiu qualquer coisa macia e esfarelada, e extremamente fria. «Isto é muito estranho», comentou com os seus botões, dando mais um ou dois passos.

No momento seguinte verificou que o que lhe roçava a cara e as mãos já não eram peles macias, mas qualquer coisa dura e áspera, que a picava. «Olha, parecem mesmo ramos de árvores!», exclamou. Depois viu que havia uma luz à sua frente, não a uns centímetros, onde devia estar o fundo do guarda-fatos, mas lá muito longe. Qualquer coisa fria e suave caía sobre ela. De repente percebeu que se encontrava no meio de um bosque, à noite, com neve debaixo dos pés e flocos de neve a flutuarem no ar.

Lucy sentiu-se um bocadinho assustada, mas também cheia de curiosidade e de entusiasmo. Olhou para trás e, por entre os troncos escuros das árvores, ainda conseguiu ver a porta aberta do guarda-fatos e mesmo um pouco da sala vazia de onde partira. (É evidente que deixara a porta aberta, pois sabia que é uma patetice uma pessoa fechar-se num guarda-fatos.) Lá, ainda parecia ser dia. «Se alguma coisa correr mal, posso sempre voltar para trás», pensou Lucy. Começou a avançar, crac-crac, sobre a neve e através do bosque em direcção à luz. Demorou cerca de dez minutos a chegar e verificou que se tratava de um candeeiro de rua. Enquanto estava a olhar para ele, a perguntar a si própria porque haveria um candeeiro no meio de um bosque e sem saber o que iria fazer a seguir, ouviu um tic-toc de passos a aproximar-se. Pouco depois, um personagem muito estranho saiu de entre as árvores e surgiu à luz do candeeiro.

Era apenas um pouco mais alto do que Lucy e trazia um guarda-chuva, coberto de neve, a proteger-lhe a cabeça. Da cintura para cima era como um homem, mas as pernas, cobertas de pêlo negro e reluzente, assemelhavam-se às de uma cabra, e em vez de pés tinha cascos. Também tinha uma cauda, mas a princípio Lucy não deu por ela, pois estava pousada no braço que empunhava o guarda-chuva, a fim de não arrastar na neve. À roda do pescoço trazia um cachecol de lã vermelha e a pele também era encarniçada. O rosto era estranho, mas  agradável, com uma barba curta e pontiaguda e o cabelo encaracolado, do qual saíam dois chifres espetados, um de cada lado da testa. Numa das mãos, como disse, empunhava o guarda-chuva; na outra carregava vários embrulhos enrolados em papel pardo. Com os embrulhos e a neve dava mesmo ideia de ter andado a fazer as compras de Natal. Era um Fauno. E, quando viu Lucy, deu um tal salto de surpresa que deixou cair os embrulhos todos.

— Olha que uma coisa assim! — exclamou o Fauno.

2

O QUE LUCY LÁ ENCONTROU

—B oa-tarde — cumprimentou Lucy. Mas o Fauno estava tão ocupado a apanhar os embrulhos que a princípio não respondeu. Quando acabou, fez-lhe uma pequena vénia.

— Boa-tarde, boa-tarde. Desculpa... Não quero ser indiscreto... Mas estarei enganado ao pensar que és uma Filha de Eva?

— O meu nome é Lucy — respondeu a pequena, sem perceber lá muito bem a pergunta.

— Mas tu és... desculpa... és aquilo a que chamam uma rapariga?

— Claro que sou uma rapariga.

— Quer dizer que és Humana?

— Claro que sou humana — respondeu Lucy ainda um pouco intrigada.

— Claro, claro. Que estúpido da minha parte! Mas nunca tinha visto um Filho de Adão nem uma Filha de Eva. Estou encantado. Quero dizer... — e interrompeu-se, como se fosse proferir quaisquer palavras impensadas, mas tivesse dado por isso a tempo. — Encantado, encantado — prosseguiu. — Permite--me que me apresente. Chamo-me Tumnus.

— É um prazer conhecê-lo, Sr. Tumnus.

— Permites que te pergunte, Lucy, Filha de Eva, como vieste até Nárnia?

— Nárnia? Que é isso?

— Este sítio onde estamos é o reino de Nárnia — explicou o Fauno. — Tudo o que fica entre o candeeiro e o grande castelo de Cair Paravel, à beira do mar oriental. E tu, tu vieste dos Bosques Selvagens do Oeste?

— Bem... eu vim até cá através do guarda-fatos da sala vazia — respondeu Lucy.

— Ah! — lamentou o Sr. Tumnus numa voz repassada de melancolia. — Se ao menos tivesse estudado mais geografia em pequeno, sem dúvida conheceria esses países estrangeiros. Agora é tarde de mais.

— Mas não são países nenhuns — disse Lucy quase a rir.

— É só mesmo ali atrás... pelo menos... bem, não tenho a certeza. Lá é Verão.

— Em Nárnia é Inverno e há muito tempo que é assim; e, se ficamos aqui a falar com tanta neve, ainda apanhamos uma constipação. Filha de Eva do reino distante de Sá Lavazia onde reina o Verão eterno na bela cidade de Guar Dafato, que tal vires tomar chá comigo?

— Muito obrigada, Sr. Tumnus, mas estava a perguntar-me se não seria melhor regressar.

— É aqui muito perto — insistiu o Fauno. — E há uma lareira a crepitar, torradas, sardinhas e bolo.

17

— É muito simpático da sua parte. Mas não posso ficar muito tempo.

— Se quiseres dar-me o braço, Filha de Eva, posso tapar-nos aos dois com o guarda-chuva. Assim. Então... lá vamos nós.

E deste modo Lucy deu consigo a atravessar o bosque, de braço dado com aquele estranho personagem, como se fossem amigos de toda a vida.

Não tinham andado muito quando chegaram a um sítio onde o solo era acidentado e havia rochas por todo o lado e outeiros que subiam e desciam. No fundo de um pequeno vale, o Sr. Tumnus desviou-se de repente, como se fosse enfiar por uma rocha maior do que as outras, mas, no último momento, Lucy descobriu que estava a conduzi-la para a entrada de uma gruta. Mal entraram, a garota deu consigo a pestanejar devido à luz de uma lareira. Então o Sr. Tumnus parou, pegou num pedaço de madeira a arder com uma pequena tenaz e acendeu uma lamparina.

— Agora não vai demorar muito — disse, pondo imediatamente uma chaleira ao lume.

Lucy pensou que nunca havia estado num sítio tão agradável como aquele. Era uma grutazinha seca e limpa, de pedra avermelhada, com um tapete no chão, duas cadeirinhas («Uma para mim e a outra para algum amigo», explicou o Sr. Tumnus), uma mesa, um aparador e uma prateleira sobre a lareira, por cima da qual se via um retrato pintado de um fauno já idoso, com uma barba grisalha. A um canto havia uma porta, que Lucy pensou dever conduzir ao quarto do Sr. Tumnus, e numa parede encon-

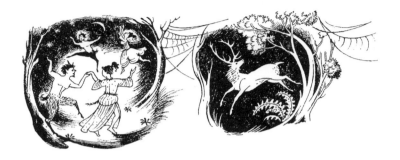

trava-se uma estante cheia de livros. Lucy mirou-os, enquanto ele preparava o chá. Tinham todos títulos como *A Vida e as Cartas de Sileno,* ou *Usos e Costumes das Ninfas,* ou *Homens, Monges e Couteiros: Um Estudo sobre Lendas Populares* ou ainda *Será o Homem um Mito?*

— Pronto, Filha de Eva! — disse o Fauno.

A merenda estava deliciosa. Havia um belo ovo quente para cada um deles, torradas com sardinhas, depois torradas com manteiga, a seguir torradas com mel e por fim um bolo enfeitado com açúcar. E, quando Lucy já estava cansada de comer, o Fauno começou a falar. Sabia histórias maravilhosas da vida na floresta. Contou-lhe coisas acerca das danças da meia-noite, de como as Ninfas que viviam nas nascentes e as Dríades que viviam nas árvores apareciam para dançar com os Faunos; acerca de longas caçadas a um veado, branco-de-leite, que podia satisfazer os desejos de quem o capturasse; acerca de festins e buscas de tesouros com os Anões Vermelhos em minas e cavernas profundas muito abaixo do solo da floresta; e, por fim, falou do Verão, quando os bosques ficavam verdes e o velho Sileno no seu gordo burro os ia visitar, e por vezes o próprio Baco, na altura em que era vinho, e não água, que corria nos regatos e toda a floresta se entregava a folguedos durante semanas a fio.

— Mas agora é sempre Inverno — acrescentou com melancolia.

Depois, para se animar, tirou de um estojo que tinha no aparador uma estranha flautazinha, que parecia feita de palha, e começou a tocar. A melodia fez que Lucy tivesse vontade de chorar, de rir, de dançar e de ir dormir, tudo ao mesmo tempo. Deviam ter passado horas quando ela estremeceu e disse:

— Oh, Sr. Tumnus, desculpe interrompê-lo, adoro a sua música, mas tenho mesmo de ir para casa. Só tencionava ficar uns minutos.

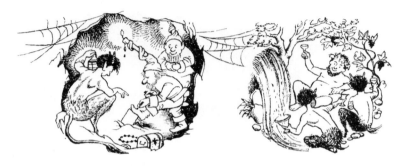

— *Agora* já não há nada a fazer — disse o Fauno, pousando a flauta e abanando a cabeça com ar de grande tristeza.

— Nada a fazer?! — exclamou Lucy, pondo-se em pé de um salto e sentindo-se bastante assustada. — Que quer dizer? Tenho de ir para casa imediatamente. Os outros devem estar sem saber o que me aconteceu. — Porém, um momento mais tarde, perguntou: — Que se passa, Sr. Tumnus ?

Os olhos castanhos do Fauno estavam marejados de lágrimas e depois estas começaram a correr-lhe pelas faces e em breve lhe pingavam da ponta do nariz. Por fim tapou o rosto com as mãos e começou a gemer.

— Sr. Tumnus! Sr. Tumnus! — exclamou Lucy muito aflita. — Não chore! Que se passa? Não se sente bem? Querido Sr. Tumnus, diga-me qual é o problema.

Mas o Fauno continuava a soluçar como se estivesse desesperado. E, mesmo quando Lucy se aproximou dele, o abraçou e lhe emprestou um lenço, não parou de chorar. Limitou-se a pegar no lenço e a usá-lo vezes sem conta, torcendo-o com as duas mãos quando ficava encharcado de mais para o poder usar, a tal ponto que Lucy acabou por ficar com os pés numa poça de água.

— Sr. Tumnus! — gritou-lhe a pequena ao ouvido, abanando-o. — Pare com isso. Pare imediatamente! Um Fauno crescido como o senhor devia ter vergonha. Porque está a chorar?

— Oh, oh, oh! — soluçava o Sr. Tumnus. — Estou a chorar por ser um Fauno tão mau.

— Não acho nada que seja um Fauno mau. Até o acho muito bom. É o Fauno mais simpático que conheço.

— Oh, oh... Não dizias isso se soubesses — respondeu o Sr. Tumnus por entre os soluços. — Não, sou um Fauno mau. E julgo que, desde o princípio do mundo, nunca houve um Fauno pior.

— Mas o que foi que fez? — perguntou Lucy.

— O meu velho pai, aquele que está no quadro por cima da lareira, nunca teria feito uma coisa destas.

— Que coisa? — quis saber Lucy.

— Uma coisa como a que eu fiz — respondeu o Fauno. — Pôr-me ao serviço da Bruxa Branca. Foi isso que fiz. Sou pago pela Bruxa Branca.

— A Bruxa Branca? Quem é ela?

— É quem manda em todo o reino de Nárnia. É ela quem faz com que seja sempre Inverno. É sempre Inverno e nunca é Natal. Imagina!

— Que horror! Mas por que lhe paga ela?

— Isso é o pior de tudo — disse o Sr. Tumnus com um gemido profundo. — Faço raptos para ela, é o que faço. Olha para mim, Filha de Eva. Imaginavas-me um Fauno capaz de encontrar uma pobre criança inocente no bosque, uma criança que nunca me fez mal, e fingir que era seu amigo, convidá-la para vir à minha gruta, tudo para a adormecer e depois a entregar à Bruxa Branca?

— Não — respondeu Lucy. — Estou certa de que não faria uma coisa dessas.

— Mas fiz.

— Bem — disse Lucy em voz muito lenta (pois queria ser sincera, mas sem o magoar) —, isso foi uma maldade. Mas está tão arrependido que tenho a certeza de que nunca mais voltará a fazer uma coisa dessas.

— Não estás a perceber, Filha de Eva? Não é nada que eu *tivesse* feito. É o que estou a fazer agora, neste preciso momento.

— Que quer dizer? — exclamou Lucy, empalidecendo.

— Essa criança és tu. Tinha ordens da Bruxa Branca para, se alguma vez visse um Filho de Adão ou uma Filha de Eva, os apanhar e lhos entregar. E tu foste a primeira que encontrei. Fingi ser teu amigo, convidei-te para tomares chá e durante todo o tempo tive a intenção de esperar que adormecesses para depois lhe ir dizer, a *Ela.*

— Oh, mas não vai, Sr. Tumnus? Não vai, pois não? A sério que não pode fazer isso, não pode mesmo.

— Mas se não fizer — respondeu o Fauno recomeçando a chorar —, ela vai descobrir. E manda cortar a minha cauda, serrar os chifres e arrancar a barba. Com um aceno de mão sobre os meus belos cascos fendidos, transforma-os em horrorosos cascos inteiros, como os de um cavalo. Se estiver particularmente irritada, transforma-me em pedra e passo a ser apenas a estátua de um fauno na sua horrível casa até os quatro tronos de Cair Paravel estarem ocupados. E sabe-se lá quando isso irá acontecer, ou se alguma vez acontecerá.

— Lamento muito, Sr. Tumnus. Mas, por favor, deixe-me ir embora.

— Claro que deixo. Claro que tenho de deixar. Agora estou a ver. Não sabia como eram os Humanos antes de te conhecer.

Claro que agora, que te conheço, não posso entregar-te à Bruxa. Mas temos de partir imediatamente. Vou levar-te até ao pé do candeeiro. Achas que daí consegues encontrar o caminho até Sá Lavazia e Guar Dafato?

— Claro que consigo.

— Temos de ir tão silenciosamente quanto pudermos. O bosque inteiro está cheio de espiões. Até algumas das árvores estão do lado *dela.*

Levantaram-se ambos e deixaram o resto da merenda em cima da mesa. Mais uma vez, o Sr. Tumnus abriu o guarda-chuva, deu o braço a Lucy e saíram para a neve. A viagem de regresso não foi nada como a que tinham feito até à gruta do Fauno; avançavam furtivamente, tão depressa quanto podiam, sem proferir uma palavra, e o Sr. Tumnus procurava os sítios mais escuros. Quando chegaram de novo ao pé do candeeiro, Lucy sentiu-se aliviada.

— Sabes o caminho daqui para a frente, Filha de Eva?

Lucy olhou com muita atenção por entre as árvores e avistou à distância uma mancha luminosa que parecia ser a luz do dia.

— Sim — respondeu —, estou a ver a porta do guarda-fatos.

— Então vai para casa tão depressa quanto puderes. E... Perdoas-me pelo que tencionava fazer?

— Claro que sim — respondeu Lucy, dando-lhe um aperto de mão caloroso. — Só espero que não se meta em sarilhos por minha causa.

— Adeus, Filha de Eva. Achas que posso ficar com o teu lenço?

— O melhor é ficar — disse Lucy, que a seguir correu em direcção à mancha de luz distante tão depressa quanto as pernas lho permitiam. Por fim, em vez dos ramos ásperos, sentiu casacos e, em vez de neve a estalar debaixo dos pés, sentiu tábuas. Saltou imediatamente para fora do guarda-fatos e foi parar à mesma sala vazia onde toda a aventura tinha começado. Fechou bem a porta do guarda-fatos atrás de si e olhou em redor, ofegante. Ainda não tinha parado de chover e ouviu as vozes dos outros no corredor.

— Estou aqui! — gritou. — Estou aqui. Voltei sã e salva.

3

EDMUND E O GUARDA-FATOS

Lucy saiu a correr da sala vazia para o corredor, onde encontrou os outros três.

— Estou sã e salva — repetiu. — Voltei.

— De que estás a falar, Lucy? — perguntou Susan.

— Como? — exclamou Lucy espantada. — Não estavam intrigados por não saberem de mim?

— Com que então estiveste escondida, não foi? Pobre Lu, a esconder-se e sem ninguém dar por isso! Tens de te esconder durante mais tempo se quiseres que as pessoas te procurem — disse Peter.

— Mas não estive fora daqui durante horas e horas? — perguntou Lucy.

Os outros três entreolharam-se.

— Está maluca — disse Edmund, dando umas pancadinhas na testa. — Completamente maluca.

— Que queres dizer, Lu? — perguntou Peter.

— O que disse. Foi logo a seguir ao pequeno-almoço que entrei no guarda-fatos, estive longe durante horas e horas, lanchei e aconteceu-me toda a espécie de coisas.

— Não sejas pateta, Lucy — disse Susan. — Saímos dessa sala há instantes e tu estavas lá.

— Ela não está a ser pateta — disse Peter. — Está só a inventar uma história para se divertir à nossa custa, não é, Lu? Que mal tem isso?

— Não, Peter, não estou a inventar. É... é um guarda-fatos mágico. Tem lá dentro um bosque, está a nevar, há um Fauno e uma Bruxa e o lugar chama-se Nárnia; anda ver.

Os outros não sabiam que pensar, mas Lucy estava tão agitada que voltaram com ela até à sala. Lucy correu à frente deles, abriu a porta do guarda-fatos de par em par e gritou:

— Agora vão ver com os vossos olhos!

— Palerma — exclamou Susan, metendo a cabeça lá dentro e afastando os casacos. — Não passa de um guarda-fatos vulgar. Olha! Lá está o fundo.

Depois todos espreitaram e afastaram os casacos. E todos viram — até a própria Lucy — um guarda-fatos perfeitamente banal. Não havia bosque nem neve, só as costas do guarda-fatos, com cabides pendurados. Peter bateu-lhe com os nós dos dedos para se certificar de que era sólido.

— Uma bela peta, Lu — disse, voltando a sair. — Tenho de confessar que conseguiste enganar-nos. Quase acreditámos em ti.

— Não foi nada uma peta! — insistiu Lucy. — De verdade. Há instantes era tudo diferente. A sério. Juro.

— Vá lá, Lu — disse Peter. — Estás a ir um bocado longe de mais. Já nos pregaste uma partida. Agora não era melhor acabares com isso?

Lucy ficou muito corada e tentou dizer qualquer coisa, se bem que mal soubesse o que podia dizer, e desatou num pranto.

Durante os dias que se seguiram, sentiu-se infelicíssima. A qualquer momento podia ter resolvido as coisas com os outros com a maior das facilidades se dissesse que tudo aquilo tinha sido inventado para brincar com eles. Porém, como Lucy era uma rapariguinha muito sincera e sabia que tinha razão, não conseguia dizer uma coisa dessas. Os outros, que pensavam que ela estava a contar uma mentira, e uma mentira tola ainda por cima, tornavam-na muito infeliz. Os dois mais velhos faziam-no sem intenção, mas Edmund conseguia ser detestável e daquela vez era. Escarnecia e zombava de Lucy e não parava de lhe perguntar se tinha encontrado novos países nos outros armários da casa. O que tornava as coisas piores era que aqueles dias deviam ter sido maravilhosos. O tempo estava bom e andavam fora de casa de manhã à noite, a tomar banho, a pescar, a trepar às árvores e deitados na relva. Mas Lucy não conseguia apreciar nada daquilo. E as coisas continuaram nesse pé até tornar a haver um dia de chuva.

Nesse dia, quando a tarde chegou sem que houvesse sinal de uma aberta, decidiram brincar às escondidas. Susan ficou a tapar os olhos e, mal os outros correram cada um para seu lado para se esconder, Lucy foi até ao quarto onde se encontrava o guarda-fatos. Não tencionava esconder-se dentro dele, porque sabia que isso só faria que os outros começassem de novo a falar acerca de toda a história. Mas queria olhar mais uma vez lá para dentro, pois começava a perguntar a si própria se Nárnia e o Fauno não teriam sido um sonho. A casa era tão grande, complicada e cheia de esconderijos que pensou que teria tempo para dar uma olhadela ao guarda--fatos e depois esconder--se noutro sítio. Porém, mal chegou junto do armário, ouviu passos no corredor e não teve outro remédio senão saltar lá para dentro e encostar a

porta. Não a fechou completamente, porque sabia que é uma tolice uma pessoa fechar-se dentro de um armário, mesmo que se trate de um guarda-fatos mágico.

Ora os passos que ouvira eram os de Edmund, que entrou na sala mesmo a tempo de ver Lucy desaparecer dentro do guarda--fatos e decidiu imediatamente entrar também — não por o achar um lugar particularmente bom para se esconder, mas porque queria continuar a meter-se com ela acerca do país imaginário. Abriu a porta. Lá estavam os casacos pendurados como de costume e o cheiro a bolas de naftalina, a escuridão e o silêncio; mas de Lucy, nem sinal. «Ela pensa que sou a Susan e que vim para a apanhar», pensou Edmund, «e por isso está muito quieta lá atrás.» Saltou para o interior e fechou a porta, esque-cendo-se de que é uma patetice fazer tal coisa. Depois começou às apalpadelas no escuro, à procura de Lucy. Estava à espera de a encontrar daí a uns segundos e ficou muito surpreendido por isso não acontecer. Decidiu abrir outra vez a porta para deixar entrar alguma luz. Mas também não conseguiu encontrar a porta. Aquilo não lhe agradou mesmo nada e pôs-se a tactear deses-peradamente em todas as direcções, chegando mesmo ao ponto de gritar:

— Lucy! Lu! Onde estás? Sei que estás aqui.

Não houve resposta e Edmund reparou que a sua voz tinha um timbre esquisito — não o som que seria de esperar dentro de um guarda-fatos, mas o que teria ao ar livre. Também se deu conta de que fazia um frio inesperado; foi então que viu uma luz.

— Ora esta! — exclamou Edmund. — A porta deve ter-se aberto sozinha.

Esqueceu-se por completo de Lucy e dirigiu-se à luz, que pensou vir da porta do guarda-fatos aberta. Mas, em vez de se encontrar no quarto vazio, deu consigo a sair da sombra de uns abetos escuros e a entrar numa clareira no meio de um bosque.

Havia neve seca e estaladiça sob os seus pés e mais neve nos ramos das árvores. O céu lá no alto era de um azul-pálido, o género de céu que se vê de manhã num belo dia de Inverno. Mesmo à sua frente, entre os troncos das árvores, avistou o Sol, que acabava de nascer, muito vermelho e límpido. Reinava uma calma total, como se ele fosse o único ser vivo naquele país. Nem sequer havia um pisco ou um esquilo entre as árvores, e o bosque estendia-se em todas as direcções até onde a sua vista alcançava. Edmund teve um arrepio.

Foi então que se lembrou de que tinha andado à procura de Lucy e de como tinha sido desagradável com ela acerca do «país imaginário», que agora percebia não ser mesmo nada imaginário. Pensando que ela devia estar muito perto, gritou:

— Lucy! Lucy! Também estou aqui. Sou eu, o Edmund!

Não houve resposta.

«Está zangada por causa de todas as coisas que lhe andei a dizer ultimamente», pensou Edmund. E, embora não lhe agradasse admitir que tinha procedido mal, também não gostava muito de estar sozinho naquele lugar desconhecido, frio e calmo; por isso gritou de novo:

— Escuta, Lu! Desculpa não ter acreditado em ti. Vejo agora que tinhas razão. Aparece. Vamos fazer as pazes.

Continuou a não haver resposta.

«Isto é mesmo coisa de rapariga», disse Edmund para consigo, «está para aí amuada em qualquer sítio e não quer aceitar as minhas desculpas.» Olhou de novo em redor e decidiu que aquele lugar não lhe agradava lá muito; estava quase decidido a voltar para casa quando ouviu, muito ao longe no bosque, um som de campainhas. Ficou à escuta e o som aproximou-se cada vez mais, até que, por fim, surgiu um trenó puxado por duas renas.

Estas eram mais ou menos do tamanho de póneis e o seu pêlo era tão branco que nem a neve parecia branca comparada com ele; as suas hastes eram douradas e brilhavam como qualquer coisa em fogo quando o sol lhes batia. Tinham arreios de cabedal escarlate, cobertos de campainhas. No trenó, conduzindo as renas, ia sentado um anão muito gordo, que teria talvez um metro de altura, se estivesse em pé. O seu fato era de pele de urso polar e na cabeça tinha um barrete vermelho com uma grande borla dourada na ponta; a sua barba enorme cobria-lhe os joelhos e servia-lhe de manta. Mas atrás dele, num assento muito mais elevado no meio do trenó, ia alguém muito diferente — uma senhora muito alta, mais alta do que qualquer mulher que Edmund tivesse visto até ali. Também ia coberta de peles brancas até ao pescoço, segurava uma varinha muito fina e dourada na mão direita e trazia uma coroa de ouro na cabeça. O seu rosto era branco — não apenas pálido, mas branco como neve, papel ou açúcar, à excepção da boca, que era muito vermelha. Seria um rosto belo se não fosse a sua expressão orgulhosa, severa e fria.

O trenó era uma coisa bonita de se ver, ao aproximar-se de Edmund com as campainhas a tocar, o anão a fazer estalar o chicote e a neve a voar em redor.

— Pára! — ordenou a Senhora.

O anão puxou as rédeas com tal brusquidão que as renas quase ficaram sentadas. Depois recompuseram-se e ergueram-se, a morder o freio e a resfolegar. No ar gelado, o bafo que lhes saía das narinas parecia fumo.

— E tu, o que és, não me dirás? — perguntou a Senhora, olhando Edmund fixamente.

— Sou... Sou... Chamo-me Edmund — respondeu o rapazinho com timidez, pois não lhe agradava o modo como ela o olhava.

— É assim que te diriges a uma rainha? — perguntou ela de sobrolho franzido e com um ar mais severo do que nunca.

— Peço-lhe perdão, Majestade. Não sabia — respondeu Edmund.

— Não conhecias a Rainha de Nárnia? Ah! De agora em diante vais ficar a conhecer-me melhor. Mas repito: o que és tu?

— Por favor, Majestade, não sei o que quer saber. Ando na escola... pelo menos andava... e agora estou de férias.

4

DELÍCIAS TURCAS

—**M**as o que és tu? — insistiu a Rainha. — És um anão que cresceu de mais e cortou a barba?

— Não, Majestade — respondeu Edmund. — Nunca tive barba, sou um rapaz.

— Um rapaz! — exclamou ela. — Queres tu dizer que és um Filho de Adão? — Edmund ficou imóvel, sem proferir palavra. Sentia-se demasiado confuso para compreender o que a pergunta significava. — O que estou a ver é que, sejas o que fores, és um idiota. Responde-me, de uma vez por todas, antes que perca a paciência. És humano?

— Sou, sim, Majestade.

— Então diz-me lá como entraste nos meus domínios.

— Vim através de um guarda-fatos, Majestade.

— De um guarda-fatos? Que queres dizer?

— Eu... Eu abri uma porta e vim parar aqui, Majestade.

— Ah! — exclamou a Rainha, falando mais para si do que para ele. — Uma porta. Uma porta do mundo dos homens! Já ouvi falar de coisas dessas. Isso pode estragar tudo. Mas ele é só um, de maneira que não vai ser difícil arrumá-lo.

Enquanto proferia estas palavras, levantou-se e, com olhos dardejantes, fitou-o bem no rosto, ao mesmo tempo que erguia a varinha. Edmund teve a certeza de que ela ia fazer qualquer coisa terrível, mas sentia-se incapaz de esboçar um gesto. Porém, no momento exacto em que se considerou perdido, ela pareceu mudar de ideias.

— Pobre criança — disse a Rainha numa voz muito diferente —, estás com um ar enregelado! Vem sentar-te comigo aqui no trenó, que eu cubro-te com o meu manto para podermos falar.

Embora a ideia não lhe agradasse nada, Edmund não se atreveu a desobedecer. Subiu para o trenó e sentou-se aos pés da

Rainha, que o cobriu com uma dobra do seu manto de peles, aconchegando-o muito bem.

— Talvez queiras beber qualquer coisa quente. Apetece-te?

— Sim, por favor, Majestade — respondeu Edmund, que tinha os dentes a bater.

A Rainha tirou de qualquer sítio entre as vestes que a cobriam uma garrafinha que parecia feita de cobre. Depois, estendendo o braço, deixou cair uma gota na neve ao lado do trenó. Edmund viu-a atravessar durante um segundo o ar, cintilando como um diamante. Mas, no momento em que tocou na neve, ouviu-se um som sibilante e surgiu uma taça recamada de jóias, cheia de um líquido fumegante. O anão pegou-lhe imediatamente e

estendeu-a a Edmund, com uma vénia e um sorriso não muito simpático. Ao beber o líquido quente, Edmund sentiu-se logo muito melhor. Tratava-se de qualquer coisa que nunca tinha provado, muito doce, com espuma e cremosa, que o aqueceu até às pontas dos dedos dos pés.

— Não tem graça beber sem comer, Filho de Adão — disse a Rainha. — Que te apetece comer?

— Uns doces que se chamam Delícias Turcas, por favor, Majestade.

A Rainha deixou cair na neve outra gota da garrafa e no mesmo instante surgiu uma caixa redonda, atada com uma fita de seda verde, que, quando aberta, revelou conter uns quilos das melhores Delícias Turcas. Cada pedacinho era doce e leve até mesmo ao centro e Edmund nunca comera nada tão delicioso. Agora sentia-se bem quente e muito confortável.

Enquanto comia, a Rainha não parava de lhe fazer perguntas. A princípio, Edmund tentou lembrar-se de que era má criação falar com a boca cheia, mas em breve se esqueceu disso, tentando apenas devorar tantas Delícias Turcas quantas pudesse. E, quantas mais comia, mais queria comer, sem se perguntar porque estaria a Rainha a ser tão curiosa. Esta conseguiu que ele lhe dissesse que tinha um irmão e duas irmãs, que uma das irmãs já estivera em Nárnia e encontrara um Fauno e que ninguém, a não ser ele e os irmãos, sabia fosse o que fosse acerca de Nárnia. A Rainha parecia particularmente interessada no facto de haver quatro crianças e não parava de voltar ao assunto:

— Tens a certeza de que são só quatro? Dois Filhos de Adão e duas Filhas de Eva, nem mais um nem menos um?

— Já lhe disse que sim — ia repetindo Edmund, com a boca cheia de Delícias Turcas, esquecendo-se de a tratar por «Sua Majestade», o que agora parecia não a incomodar.

Por fim, as Delícias Turcas acabaram e Edmund não conseguia desfitar a caixa vazia, desejoso de que ela lhe perguntasse se queria mais. Provavelmente, a Rainha sabia muito bem o que ele estava a pensar, pois, ao contrário de Edmund, estava farta de saber que aqueles eram doces encantados e alguém que os provasse quereria comer cada vez mais e, se possível, continuar a comê-los até morrer. Porém, não lhe ofereceu mais, dizendo-lhe em vez disso:

— Gostava muito de ver o teu irmão e as tuas duas irmãs, Filho de Adão. És capaz de os trazer para me conhecerem?

— Vou tentar — respondeu Edmund, ainda a olhar para a caixa vazia.

— Se voltares e os trouxeres contigo, claro, posso dar-te mais Delícias Turcas. Agora não é possível, porque a magia só funciona uma vez. Na minha casa já as coisas são diferentes.

— Porque não podemos ir agora a sua casa? — perguntou Edmund. Ao entrar no trenó receara que ela partisse com ele para qualquer lugar desconhecido do qual não conseguisse regressar, mas agora já se esquecera do medo que tivera.

— A minha casa é encantadora. Estou certa de que te vai agradar. Há salas cheias de Delícias Turcas e eu não tenho filhos. Preciso de um rapaz simpático que possa educar como Príncipe para ser Rei de Nárnia quando eu partir. Enquanto for Príncipe, usará uma coroa de ouro e comerá Delícias Turcas durante o dia inteiro; e tu és o jovem mais inteligente e mais bonito que já vi. Acho que gostaria de te fazer Príncipe... um dia, quando trouxeres os teus irmãos para me visitar.

— Porque não agora? — perguntou Edmund muito corado e com a boca e os dedos pegajosos. Dissesse a Rainha o que dissesse, não parecia nem bonito nem inteligente.

— Se te levasse até lá agora, não conheceria os teus irmãos. E quero muito conhecer esses teus parentes encantadores. Vais ser Príncipe e, mais tarde, Rei, isso está combinado. Mas tens de ter cortesãos e nobres. Vou fazer o teu irmão duque e as tuas irmãs duquesas.

— Mas *eles* não têm nada de especial e, de qualquer modo, eu podia trazê-los noutra altura.

— Ah, mas quando estivesses em minha casa, podias esquecer-te deles. Divertias-te tanto que não estarias para te dar ao trabalho de os ires buscar. Não. Tens de regressar ao teu país e de voltar outro dia, *com eles*, estás a perceber? De nada serve voltares sem eles.

— Mas eu nem sei o caminho para o meu país!

— É fácil. Estás a ver aquele candeeiro? — perguntou a Rainha, apontando com a varinha. Edmund virou-se e viu o mesmo candeeiro junto ao qual Lucy encontrara o Fauno.

— Segues a direito e mais além fica o caminho que conduz ao Mundo dos Homens. Agora olha para o outro lado, para aqui — ordenou, apontando na direcção oposta —, e diz-me se avistas duas colinas que se erguem acima das árvores.

— Acho que sim.

— Bem, a minha casa fica entre essas duas colinas. Por isso, da próxima vez que vieres, só tens de encontrar o candeeiro, de procurar as duas colinas e de atravessar o bosque até chegares a minha casa. Mas lembra-te de que tens de trazer os outros contigo. Se vieres sozinho, sou capaz de ter de ficar muito zangada.

— Vou fazer o possível.

— A propósito, não precisas de lhes falar de mim. Era engraçado guardarmos um segredo só entre os dois, não achas? Faz-

-lhes uma surpresa. Um rapaz esperto como tu não vai ter dificuldade em arranjar um pretexto para os trazer até às duas colinas e, quando chegarem a minha casa, podes simplesmente dizer-lhes: «Vamos ver quem mora aqui», ou qualquer coisa do género. De certeza seria o melhor. Se a tua irmã encontrou um dos faunos, pode ter ouvido histórias estranhas a meu respeito, histórias pérfidas que talvez a façam ter receio de me conhecer. Os faunos dizem o que lhes passa pela cabeça, sabes? E agora...

— Por favor — suplicou Edmund —, não me poderia dar só mais um pedacinho de Delícias Turcas para comer pelo caminho?

— Não, não — respondeu a rainha com uma gargalhada —, tens de esperar pela próxima vez. — Enquanto falava, fez sinal ao anão para seguir; mas, antes de o trenó desaparecer ao longe, ainda lhe acenou, gritando: — Para a próxima! Para a próxima! Não te esqueças. Não demores a voltar.

Edmund estava ainda a olhar na direcção que o trenó tomara, quando ouviu alguém chamá-lo. Olhou em redor e viu Lucy que vinha na sua direcção saída de outra parte do bosque.

— Oh, Edmund! — exclamou a garota. — Então também vieste! Não é maravilhoso?

— É. Vejo que tinhas razão e que afinal é um guarda-fatos mágico. Se quiseres, peço desculpa. Mas onde estiveste este tempo todo? Procurei-te por toda a parte.

— Se soubesse que vinhas, tinha esperado por ti — respondeu Lucy, demasiado feliz e entusiasmada para reparar no ar mal-humorado de Edmund e como estava corado e com uma expressão esquisita. — Estive a almoçar com o meu querido Sr. Tumnus, o Fauno, e ele está muito bem; a Bruxa Branca não lhe fez nada por me deixar partir, de modo que ele pensa que ela pode não ter descoberto que eu aqui estive e que afinal talvez não vá haver nenhum problema.

— A Bruxa Branca? Quem é essa?

— É uma pessoa terrível. Diz que é Rainha de Nárnia, apesar de não ter direito nenhum de ser rainha, e todos os Faunos, Dríades, Náiades, Anões e Animais, pelo menos todos os que são bons, a odeiam. Ela é capaz de transformar pessoas em pedra e de fazer toda a espécie de coisas horríveis. E lançou um feitiço que faz com que seja sempre Inverno em Nárnia, mas nunca é

Natal. Anda num trenó puxado por renas, com uma varinha na mão e uma coroa na cabeça.

Edmund, que já estava a ficar mal disposto por ter comido tantos doces, ao ouvir que a Senhora de quem se tornara amigo era uma perigosa bruxa, sentiu-se ainda pior. Mas continuava a desejar acima de tudo tornar a comer Delícias Turcas.

— Quem te contou essa história toda acerca da Bruxa Branca? — perguntou.

— O Sr. Tumnus, o Fauno — respondeu Lucy.

— Não podes acreditar em tudo o que dizem os Faunos — afirmou Edmund, tentando dar ideia de que sabia muito mais sobre a matéria do que ela.

— Quem te disse isso?

— Toda a gente sabe. Pergunta a quem quiseres. Mas não é boa ideia estarmos aqui no meio da neve. Vamos para casa.

— Embora! — concordou Lucy. — Oh, Edmund, estou tão contente por também teres vindo! Agora, que estivemos os dois aqui, os outros vão ter de acreditar em Nárnia. Vai ser bem divertido!

Porém, secretamente, Edmund pensava que não ia ser tão divertido para ele como para ela. Teria de confessar perante todos os outros que Lucy tinha razão e estava certo de que os irmãos iriam tomar o partido dos Faunos e dos animais, embora ele pendesse mais para o lado da Bruxa. Não sabia o que iria dizer, ou como iria guardar segredo, quando estivessem todos a falar acerca de Nárnia.

Nessa altura já tinham caminhado um bom bocado. Então, de súbito, sentiram casacos à sua volta em vez de ramos e no momento seguinte encontravam-se ambos fora do guarda-fatos, no quarto vazio.

— Estás com um ar péssimo, Edmund — observou Lucy. — Não te sentes bem?

— Estou óptimo — respondeu Edmund, embora não fosse verdade, pois sentia-se muito agoniado.

— Então anda. Vamos ter com os outros. Temos tantas coisas para lhes contar! E que aventuras maravilhosas vamos ter, agora que estamos todos metidos nisto...

5

DE NOVO DO LADO DE CÁ DA PORTA

Uma vez que o jogo das escondidas ainda continuava, Edmund e Lucy levaram algum tempo a encontrar os outros. Mas quando, por fim, ficaram todos juntos (o que aconteceu na sala comprida, onde se encontrava a armadura), Lucy não se conteve:

— Peter! Susan! É tudo verdade. O Edmund também viu. *Há* um país onde se pode chegar através do guarda-fatos. O Edmund e eu estivemos lá. Encontrámo-nos no bosque. Vá lá, Edmund, conta--lhes.

— Que história é essa, Ed? — perguntou Peter.

E agora chegamos a uma das partes mais feias desta história. Até esse momento, Edmund tinha estado a sentir-se enjoado, amuado e aborrecido com Lucy por ela ter razão, mas não decidira ainda o que fazer. Quando, de súbito, Peter lhe fez aquela pergunta, decidiu imediatamente fazer a coisa mais mesquinha e mais desprezível que conseguiu imaginar. Decidiu deixar Lucy ficar mal.

— Conta-nos, Ed — insistiu Susan.

Edmund fez um ar muito superior, como se fosse muito mais velho do que Lucy (quando, afinal, só tinha mais um ano), soltou uma risadinha e respondeu:

— Ah, sim, a Lucy e eu estivemos a brincar, a fingir que toda a história acerca de um país no guarda-fatos era verdadeira. Só para nos divertirmos, claro. A verdade é que não há lá nada.

A pobre da Lucy limitou-se a lançar um olhar a Edmund e saiu da sala a correr.

Edmund, que a cada instante se estava a tornar uma pessoa pior, pensou que tinha tido um grande êxito e continuou imediatamente a dizer:

— Lá estamos outra vez na mesma! Que se passa com ela? O pior com os miúdos é que estão sempre...

— Olha lá — interpelou-o Peter, furioso —, cala-te! Tens sido uma peste para a Lu desde que ela começou com esse disparate acerca do guarda-fatos; e agora pões-te a brincar com ela e recomeças com toda essa história. Acho que fizeste isso de propósito.

— Mas é tudo um disparate — disse Edmund, desconcertado.

— Claro que é tudo um disparate — prosseguiu Peter — e é essa a questão. A Lu estava perfeitamente bem quando saímos de casa, mas, desde que viemos para aqui, parece que ou não regula bem, ou se está a tornar uma mentirosa de fugir. Mas, seja qual for o caso, achas bem troçar e implicar com ela num dia e encorajá-la no seguinte?

— Pensei... Pensei... — gaguejou Edmund, sem conseguir lembrar-se de nada para dizer.

— Não pensaste em nada — disse Peter. — É só despeito. Sempre gostaste de ser mauzinho para quem é mais pequeno do que tu; já antes tinha reparado nisso na escola.

— Parem com isso — interveio Susan. — Uma discussão entre vocês dois não vai melhorar as coisas. Vamos procurar a Lucy.

Não admira que, quando a encontraram, um bom bocado mais tarde, todos vissem que tinha estado a chorar. Nada do que disseram a demoveu. Lucy continuava a insistir na mesma história e a dizer:

— Não me importo com o que vocês pensam, nem com o que vocês dizem. Podem contar ao professor, escrever à mãe ou fazer o que quiserem. Sei que encontrei lá um Fauno e que... quem me dera lá ter ficado, porque vocês são todos umas pestes!

Foi um fim de dia desagradável. Lucy estava inconsolável e Edmund começava a sentir que o seu plano não estava a sair tão bem como esperara. Os dois mais velhos começavam a pensar que Lucy perdera o juízo. Muito depois de ela se ter ido deitar, ficaram no corredor a cochichar sobre o assunto.

O resultado foi que na manhã seguinte decidiram ir mesmo contar tudo aquilo ao professor.

— Se ele achar que há algum problema com a Lucy, escreve ao pai — disse Peter. — Nós não podemos fazer nada.

Por isso foram bater à porta do gabinete. O professor mandou-os entrar, levantou-se, arranjou cadeiras para ambos e disse que estava à sua inteira disposição. Depois sentou-se a escutá-los, com as pontas dos dedos unidas e sem os interromper, até eles terem acabado toda a história. A seguir, não proferiu palavra durante muito tempo. Finalmente, pigarreou e disse a última coisa que esperavam ouvir:

— Como sabem que a história da vossa irmã não é verdadeira?

— Ora essa, porque... — começou Susan a dizer, mas depois interrompeu-se. Pela cara do professor, via-se que ele falava muito a sério, de modo que contrapôs apenas: — Mas o Edmund disse que só tinham estado a fingir.

— Isso é um aspecto da questão em que vale a pena reflectir, e reflectir com todo o cuidado. Por exemplo... se me permitem que faça esta pergunta... Mas, segundo a vossa experiência, qual dos vossos dois irmãos é de maior confiança? Quero dizer, qual deles é mais verdadeiro?

— É isso que é esquisito, professor. Até agora teríamos dito sempre que era a Lucy — respondeu Peter.

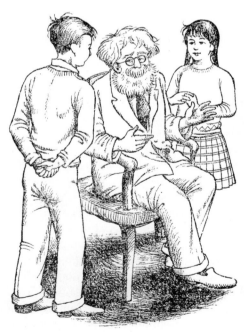

— E qual é a tua opinião, minha querida? — perguntou o professor, virando-se para Susan.

— De uma maneira geral, diria o mesmo que o Peter. Mas toda esta história acerca do bosque e do fauno não pode ser verdade.

— Isso é que eu já não sei — respondeu o professor. — Mas chamar mentirosa a alguém a quem sempre consideraram verdadeira é uma coisa muito grave; mesmo muito grave.

— Estávamos com receio de que ela nem sequer estivesse a mentir — explicou Susan. — Pensámos que talvez houvesse algum problema com a Lucy.

— Que tivesse enlouquecido, querem vocês dizer? — perguntou o professor com a maior calma. — Oh, podem ficar descansados a esse respeito. Basta olhar para ela e falar com ela para se ver que não está maluca.

— Mas então... — começou Susan a dizer, mas parou. Nunca sonhara que um adulto pudesse falar como o professor e não sabia o que pensar.

— Lógica! — exclamou o professor, mais para si do que para os garotos. — Porque não ensinam Lógica nas nossas escolas? Só há três possibilidades. Ou a vossa irmã anda a mentir, ou está louca, ou o que diz é verdade. Vocês sabem que ela não mente e é óbvio que não está louca. Então por agora, e a menos que surjam outros indícios em contrário, temos de partir do princípio de que está a dizer a verdade.

Susan olhou-o com toda a atenção e, pela expressão do seu rosto, teve a certeza de que não estava a troçar deles.

— Mas como poderia isso ser verdade, professor? — perguntou Peter.

— Porque dizes isso?

— Bem, por um lado, se fosse real, porque não encontram todas as pessoas esse país de cada vez que vão ao guarda-fatos? Quero dizer, não havia lá nada quando nós olhámos; e a Lucy também confirmou que, de facto, não havia.

— Que tem isso a ver com o assunto?

— Bem, professor, quando as coisas são reais, estão sempre onde estão — argumentou Peter.

— Estarão? — perguntou o professor. E Peter ficou sem saber o que havia de responder.

— Mas não houve tempo — disse Susan. — A Lucy não teve tempo de ir a parte nenhuma, mesmo que esse lugar existisse. Apareceu a correr atrás de nós mal saímos da sala. Levou menos de um minuto e afirmou ter passado lá horas.

— É isso que torna tão provável o facto de a história dela ser verdadeira. Se houver uma porta nesta casa que conduza a um outro mundo (e devo avisar-vos de que esta casa é muito estranha e de que mesmo eu sei muito pouco a seu respeito), se, repito, ela foi até outro mundo, não me surpreenderia nada des-

41

cobrir que esse mundo tinha um tempo diferente lá dele; de modo que, por muito tempo que lá ficasse, isso não seria tempo nenhum no nosso. Por outro lado, não julgo que muitas meninas da idade dela inventassem uma coisa dessas. Se ela tivesse andado a fingir, ter-se-ia escondido durante um tempo razoável antes de aparecer a contar-vos a história.

— Mas o professor quer mesmo dizer que pode haver outros mundos em toda a parte, mesmo aqui pertinho? — perguntou Peter.

— Nada é mais provável — respondeu o professor, tirando os óculos e começando a limpá-los, enquanto resmungava baixinho: — Que lhes ensinarão na escola?

— E que havemos nós de fazer? — perguntou Susan, sentindo que a conversa começava a mudar de rumo.

— Minha querida — disse o professor, erguendo de súbito os olhos e fitando-os com um olhar intenso —, há um plano que ainda ninguém sugeriu e que vale a pena experimentar.

— Qual? — perguntou Susan.

— Podíamos tentar não meter o nariz no que não nos diz respeito — foi a resposta.

E assim terminou a conversa.

A partir daí, as coisas melhoraram um bocado para Lucy. Peter impediu Edmund de continuar a troçar dela, e nem Lucy nem nenhum dos outros sentia vontade de falar acerca do guarda-fatos, pois o assunto tinha-se tornado bastante incómodo. Deste modo, durante algum tempo, as aventuras pareceram ter chegado ao fim. Mas não ia ser esse o caso.

A casa do professor — acerca da qual mesmo ele sabia muito pouco — era tão velha e famosa que as pessoas de toda a Inglaterra costumavam aparecer a pedir autorização para a visitar. Tratava-se do género de casa que é referida nos guias turísticos e até nos livros de História. E era natural que assim fosse, pois corria toda a espécie de histórias a seu respeito, algumas das quais ainda mais estranhas do que a que vos estou a contar. E, quando chegavam grupos de turistas a pedir para verem a casa, o professor dava sempre autorização e a Senhora Macready, a governanta, mostrava-a, falando-lhes acerca dos quadros, da armadura e dos livros raros que havia na biblioteca. A Senhora Macready não gostava de crianças e não lhe agradava ser inter-

rompida quando contava aos visitantes todas as coisas que sabia. Juntamente com muitas outras instruções, dissera a Susan e Peter, quase logo à chegada:

— Por favor, lembrem-se de que não podem aparecer quando eu andar a mostrar a casa a um grupo.

— Como se algum de nós *estivesse* disposto a perder metade da manhã a arrastar-se com uma multidão de adultos desconhecidos — comentara Edmund, pondo em palavras o que os outros três pensavam.

E foi assim que as aventuras começaram pela terceira vez.

Umas manhãs mais tarde, Peter e Edmund estavam a mirar a armadura e a perguntar-se se seria possível desmontá-la, quando as duas raparigas entraram a correr na sala e avisaram:

— Atenção! Lá vem a Senhora Macready com um grupo de turistas!

— Temos de desaparecer depressa! — exclamou Peter.

Precipitaram-se os quatro pela porta do extremo mais afastado da sala. Porém, quando chegaram à sala verde e passaram dela para a biblioteca, ouviram de súbito vozes à sua frente e perceberam que a Senhora Macready devia estar a trazer o grupo de turistas pela escada das traseiras — e não pela da frente, como tinham esperado. A partir daí — fosse por terem perdido a cabeça, por a Senhora Macready estar a tentar apanhá-los ou por qualquer magia da casa ter despertado e estar a impeli-los para Nárnia — tiveram a impressão de que estavam a ser seguidos por todo o lado, até que, por fim, Susan exclamou:

— Bolas para os turistas! Olhem, vamos para a sala do guarda--fatos até eles saírem. Ninguém nos vai seguir até lá.

Todavia, no momento em que entraram, ouviram vozes no corredor e depois alguém a mexer na porta e o puxador a girar.

— Depressa! — exclamou Peter, abrindo a porta do guarda--fatos. — Escondemo-nos aqui.

Entraram os quatro de rompante e ficaram ofegantes, sentados no escuro. Peter mantinha a porta encostada, mas sem a fechar; pois, como é evidente, lembrou-se, como qualquer pessoa sensata, de que nunca nos devemos fechar dentro de um guarda-fatos.

6

NA FLORESTA

— Quem me dera que a Sr.ª Macready se despache e leve todas essas pessoas embora — disse Susan por fim. — Estou a ficar com umas cãibras horríveis.

— E que fedor a cânfora! — exclamou Edmund.

— Acho que os bolsos destes casacos devem estar cheios dela para afastar as traças — disse Susan.

— Tenho qualquer coisa colada às costas — queixou-se Peter.

— E não acham que está frio? — perguntou Susan.

— Agora, que falas nisso, acho que está mesmo frio — confirmou Peter — e está também húmido. Que se passa com este sítio? Estou sentado em cima de qualquer coisa molhada. E está a ficar mais molhada a cada minuto que passa — prosseguiu, pondo-se de pé.

— Vamos sair daqui — sugeriu Edmund. — Eles já se devem ter ido embora.

— O-o-oh! — exclamou Susan de repente, e todos lhe perguntaram o que se passava.

— Estou sentada contra uma árvore! E olhem! Está a aparecer luz, além!

— Por Júpiter, tens razão — assentiu Peter. — E olha ali, e ali. Há árvores por todo o lado. E isto molhado é neve. Acho que afinal chegámos ao bosque da Lucy.

Agora não havia engano possível e as quatro crianças ficaram a pestanejar, encandeadas pela luz de um dia de Inverno. Atrás delas havia casacos pendurados em cabides e à sua frente árvores cobertas de neve.

Peter virou-se imediatamente para Lucy:

— Peço desculpa por não ter acreditado em ti. Vamos dar um aperto de mão?

— Claro — respondeu Lucy, estendendo-lhe a mão.

— E agora, que fazemos a seguir? — perguntou Susan.

— Que fazemos? Claro que vamos explorar o bosque — respondeu Peter.

— Ui! — exclamou Susan, batendo os pés. — Que frio que está! E se vestíssemos uns casacos destes?

— Não são nossos — disse Peter, hesitante.

— Tenho a certeza de que ninguém se importa — insistiu Susan. — Não é como se os levássemos para fora de casa. Nem sequer os tiramos do guarda-fatos.

— Não tinha pensado nisso, Su — confessou Peter. — Claro, se pões as coisas nesse pé, já estou a perceber. Ninguém pode dizer que tiraste um casaco se o deixares no guarda-fatos onde o encontraste. E acho que este país está todo dentro do armário.

Imediatamente puseram em prática o plano de Susan. Os casacos eram demasiado grandes para eles; chegavam-lhes aos tornozelos e, quando os vestiram, mais pareciam mantos reais do que casacos. Mas todos se sentiram bastante mais quentes e cada um deles pensou que os outros estavam com melhor aspecto com as suas novas roupas e mais em conformidade com a paisagem.

— Podemos fingir que somos exploradores polares — sugeriu Lucy.

— Isto vai ser animado mesmo sem fingir — disse Peter, começando a avançar pela floresta.

O céu estava encoberto com grandes nuvens escuras e dava a impressão de ir nevar ainda mais antes de cair a noite.

— Oiçam lá! Não devemos seguir um pouco mais para a esquerda, se queremos ir em direcção ao candeeiro? — acabou por sugerir Edmund, esquecendo-se por um instante de que tinha de fingir que nunca havia estado no bosque.

Mal acabou de proferir essas palavras, deu-se conta de que se tinha traído. Pararam todos e ficaram a olhar para ele. Peter soltou um assobio e disse:

— Então estiveste mesmo aqui dessa vez que a Lu disse que te tinha encontrado e inventaste que ela tinha mentido... — Seguiu-se um silêncio de morte. — Bem, de todas as pestes venenosas do mundo... — começou Peter. Mas depois encolheu os ombros e calou-se.

De facto, parecia nada mais haver a dizer e os quatro acabaram por retomar a viagem; mas Edmund ia resmungando sozinho: «Hão-de pagar-me tudo isto, seus grandes presumidos e emproados.»

— Mas afinal, para *onde* é que vamos? — perguntou Susan, principalmente para mudar de assunto.

— Acho que deve ser a Lucy a conduzir-nos — respondeu Peter —, pois bem o merece. Para onde nos vais levar, Lu?

— E se fôssemos visitar o Sr. Tumnus? É aquele Fauno simpático de que lhes falei.

Todos concordaram e continuaram a caminhar em passo estugado e a bater os pés. Lucy revelou ser uma boa guia. A princípio interrogou-se se seria capaz de encontrar o caminho, mas reconheceu uma árvore de aspecto estranho num sítio e o toco de um tronco noutro e levou-os, primeiro, até ao lugar onde o solo se tornava acidentado, depois até ao valezinho e, por fim, até mesmo à porta da gruta do Sr. Tumnus. Aí, porém, esperava--os uma surpresa terrível.

A porta fora arrancada dos gonzos e feita em pedaços. O interior da gruta estava escuro e frio e tinha a humidade e o cheiro de um lugar onde ninguém vive há vários dias. A neve entrara pela abertura da porta e amontoara-se no chão, misturada com qualquer coisa negra, que descobriram ser os troncos carbonizados e as cinzas da lareira. Dava a impressão de que alguém os tinha espalhado pela sala e depois apagado com os pés. A loiça estava feita em cacos pelo chão e o retrato do pai do Fauno tinha sido feito em tiras com uma faca.

— Isto está a ser um belo falhanço — comentou Edmund.

— De que é que serviu virmos aqui?

— Que é isto? — perguntou Peter, curvando-se. Reparara num papel que tinha sido pregado ao soalho através do tapete.

— Tem alguma coisa escrita? — quis saber Susan.

— Acho que sim — respondeu Peter —, mas com esta luz não consigo ler. Vamos lá para fora.

Saíram todos para a luz do dia e rodearam Peter, enquanto este lia as seguintes palavras:

O antigo ocupante desta residência, o Fauno Tumnus, está sob prisão e aguarda julgamento, acusado de Alta Traição contra Sua Majestade Imperial Jadis, Rainha de Nárnia, Castelã de Cair Paravel, Imperatriz das Ilhas Solitárias, etc., e também de pactuar com os inimigos de Sua Majestade, dando guarida a espiões e confraternizando com Humanos.

assinado MAUGRIM, Capitão da Polícia Secreta,
LONGA VIDA PARA A RAINHA!

As crianças entreolharam-se.

— Afinal, não sei se vou gostar deste lugar — disse Susan.

— Quem é esta Rainha, Lu? — perguntou Peter. — Sabes alguma coisa a seu respeito?

— Não é uma rainha de verdade — respondeu Lucy. — É uma bruxa terrível, a Bruxa Branca. Todos os habitantes do bosque a odeiam. Lançou um encanto sobre todo o país, de modo que é sempre Inverno e nunca é Natal.

— Só me pergunto se valerá a pena continuarmos — adiantou Susan. — Quero dizer, isto não me parece lá muito seguro e nem sequer tem ar de ser muito divertido. Além disso, cada vez está a ficar mais frio e não trouxemos nada para comer. Que tal voltarmos para casa?

— Oh, mas não podemos! — exclamou Lucy de súbito. — Não estão a ver? Não podemos voltar para casa depois disto. Foi por minha culpa que o pobre Fauno se meteu neste sarilho. Escondeu-me da Bruxa e mostrou-me o caminho de volta. É o que quer dizer pactuar com inimigos da Rainha e confraternizar com Humanos. Temos de tentar salvá-lo.

— Podemos fazer muito, não há dúvida! — exclamou Edmund. — Nem sequer trouxemos nada para comer!

— Tu cala-te! — ordenou Peter, que ainda estava muito zangado com Edmund. — Que achas, Susan?

— Estou com um terrível palpite de que a Lucy tem razão. Não me apetece dar nem mais um passo e só queria que não tivéssemos vindo. Mas acho que temos de tentar fazer qualquer coisa pelo Sr. Não-Sei-Quantos, quero dizer, o Fauno.

— É também essa a minha opinião — corroborou Peter. — Estou preocupado por não termos comida. Sugeria que voltássemos para ir buscar qualquer coisa à despensa. Só que, depois de sairmos daqui, não há a certeza de conseguirmos regressar. Julgo que temos de continuar.

— Nós também — concordaram as duas raparigas.

— Se ao menos soubéssemos onde o pobrezinho está preso! — exclamou Peter.

Ainda estavam todos a perguntar-se o que deveriam fazer a seguir quando Lucy disse:

— Olhem! Está ali um pisco com um papo muito vermelho! É a primeira ave que vejo aqui. Em Nárnia as aves falarão? Dá a impressão de que nos quer dizer qualquer coisa. — Depois virou-se para o Pisco e perguntou-lhe: — Por favor, sabes dizer-nos para onde levaram Tumnus, o Fauno?

Ao proferir estas palavras, deu um passo em direcção à ave. Esta imediatamente voou, mas para ir pousar na árvore seguinte, onde ficou empoleirada a olhar para eles com toda a atenção, como se compreendesse tudo o que lhe haviam dito. Quase sem se aperceberem do que faziam, as quatro crianças deram um ou dois passos na sua direcção. Então o Pisco voou de novo para a árvore seguinte e mais uma vez ficou a mirá-los com toda a atenção. (Era impossível encontrar um pisco com o papo mais vermelho e com os olhos mais brilhantes.)

— Sabem? — disse Lucy. — Acho que ele está a dizer para o seguirmos.

— Julgo que é isso — concordou Susan. — Que achas, Peter?

— Bem, podemos tentar.

O Pisco pareceu compreender muito bem o que diziam. Continuou a voar de árvore em árvore, sempre uns metros à frente deles, mas sempre tão perto que era fácil seguirem-no.

Desse modo conduziu-os pela colina abaixo. Sempre que a ave pousava, caíam uns flocozinhos de neve do ramo. Por fim, o vento dissipou as nuvens, o Sol surgiu e a neve em redor deles tornou-se cintilante. Caminhavam dessa maneira havia cerca de meia hora, com as duas raparigas à frente, quando Edmund disse a Peter:

— Se já não te sentes tão superior e quiseres falar comigo, tenho uma coisa a dizer que é preferível que ouças.

— Que é?

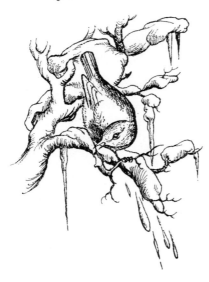

— Chiu! Mais baixo. Não vale a pena assustarmos as raparigas. Mas já te deste conta do que estamos a fazer?

— O quê? — perguntou Peter, num murmúrio.

— Estamos a seguir um guia sobre o qual ignoramos tudo. Como sabemos de que lado está o pássaro? Não nos irá fazer cair numa armadilha?

— Que ideia tão desagradável. Mas afinal é um pisco. São aves boas em todas as histórias que li. Tenho a certeza de que um pisco não estaria do lado mau.

— Já que falas nisso, qual é o lado mau? Como sabemos que os faunos são bons e a Rainha (sim, bem sei que nos *disseram* que é uma bruxa) é má? No fundo, não sabemos nada sobre nenhum deles.

— O Fauno salvou a Lucy.

— Isso foi o que ele *disse*. Mas como é que sabemos se é verdade? E há mais uma coisa. Alguém tem a menor ideia do caminho para casa a partir daqui?

— Ó céus! — exclamou Peter. — Não tinha pensado nisso.

— E também não temos nem amostra de jantar — concluiu Edmund.

7

UM DIA COM OS CASTORES

Enquanto os dois rapazes ficavam para trás a segredar, as garotas soltaram uma exclamação e pararam.

— O pisco! — gritou Lucy. — Voou para longe.

E era o que tinha acontecido: voara e desaparecera.

— Que vamos fazer agora? — perguntou Edmund, deitando um olhar a Peter que queria dizer: «Que foi que eu te disse?»

— Chiu! Olhem! — exclamou Susan.

— Que é? — perguntou Peter.

— Ali, à esquerda, está qualquer coisa a mexer-se entre as árvores.

Ficaram a olhar, com toda a atenção, sentindo-se todos um tanto inquietos.

— Lá está outra vez — anuiu Susan por fim.

— Desta vez também vi — disse Peter. — Ainda lá está. Acabou de ir para trás daquela árvore grande.

— Que será? — perguntou Lucy, tentanto não se mostrar nervosa.

— Seja o que for — afirmou Peter —, está a fugir de nós. É qualquer coisa que não quer ser vista.

— Vamos para casa — sugeriu Susan. A seguir, sem que ninguém proferisse uma palavra, aperceberam-se de repente da mesma coisa que Edmund tinha segredado a Peter no fim do capítulo anterior. Tinham-se perdido.

— O que é? — perguntou Lucy.

— É... é uma espécie de animal — respondeu Susan, que depois exclamou: — Olhem! Olhem! Depressa! Lá está ele.

Foi então que viram todos um focinho felpudo, com bigodes, que os fitava de trás de uma árvore. Dessa vez, em lugar de desatar a fugir, o animal levou uma pata à boca, como as pessoas levam um dedo aos lábios quando querem fazer sinal para se estar calado. Depois desapareceu de novo. As crianças ficaram de respiração suspensa.

Um momento mais tarde, o desconhecido surgiu de trás da árvore, olhou em redor como se receasse que alguém o estivesse a observar e disse «chiu», fazendo-lhes sinais para irem ter com ele à parte mais cerrada do bosque onde se encontrava, e logo voltou a desaparecer.

— Sei o que é — disse Peter. — É um castor. Vi-lhe a cauda.

— Quer que vamos ter com ele e está a avisar-nos para não fazermos barulho — concluiu Susan.

— Eu sei. Mas a questão é irmos ou não. Que achas, Lu? — perguntou Peter.

— Eu acho que é um castor simpático — foi a resposta de Lucy.

— Sim, mas como sabemos? — perguntou Edmund.

— Não será melhor arriscar? — alvitrou Susan. — Quero dizer, é inútil estarmos aqui e tenho fome.

Nesse momento, a cabeça do Castor tornou a aparecer por detrás da árvore e o animal fez-lhes um aceno de pata a chamá-los.

— Vamos — disse Peter. — É melhor experimentarmos. Mantemo-nos todos juntos. Assim chegamos para ele, se for um inimigo.

Juntaram-se todos, caminharam até à árvore e passaram para trás dela; aí chegados, claro que encontraram o Castor. Mas este continuou a recuar, dizendo-lhes num murmúrio rouco:

— Venham aqui mais para o fundo. Aqui mesmo. Não estamos seguros em campo aberto!

Só depois de os ter conduzido para um sítio escuro, onde quatro árvores cresciam tão próximas que os seus ramos se tocavam e se via a terra castanha e as agulhas de pinheiros por nenhuma neve ter caído ali, começou a falar com eles:

— Vocês são os Filhos de Adão e as Filhas de Eva?

— Somos alguns deles — respondeu Peter.

— Ch-ch-ch-iu! Falem mais baixo, por favor — pediu o Castor. — Nem mesmo aqui estamos em segurança.

— De quem tem medo? — perguntou Peter. — Só aqui estamos nós.

— Há as árvores, que estão sempre à escuta. A maioria está do nosso lado, mas há árvores que nos poderiam ir denunciar a *ela*. Sabem a quem me refiro — esclareceu o Castor, acenando várias vezes com a cabeça.

— Já que estamos a falar de bons e maus, como sabemos que é nosso amigo? — perguntou Edmund.

— Não queremos ser mal-educados, Sr. Castor, mas não nos conhecemos, está a perceber? — justificou Peter.

— Têm toda a razão, toda a razão. Aqui está a minha prova.

— E, ao proferir estas palavras, estendeu-lhes um pequeno objecto branco.

Olharam todos surpreendidos, até que de súbito Lucy disse:

— Oh, é claro, é o meu lenço, o que eu dei ao pobre Sr. Tumnus.

— É isso mesmo — confirmou o Castor. — Pobre amigo. Soube que ia ser preso e deu-mo. Pediu-me que viesse ter convosco aqui se lhe acontecesse qualquer coisa e vos levasse até...

— Nessa altura a voz do Castor sumiu-se e ele fez um ou dois acenos com a cabeça, muito misteriosos. Seguidamente fez sinal aos garotos que ficassem tão perto quanto pudessem, de modo que lhes fazia cócegas na cara com os bigodes, e acrescentou num murmúrio: — Dizem que *Aslan* está a chegar... Talvez já tenha aterrado.

Foi então que aconteceu uma coisa muito curiosa. Tal como muitos de vocês, nenhum dos garotos sabia quem era *Aslan*; porém, depois de o Castor ter proferido aquelas palavras, todos se sentiram diferentes. Talvez já vos tenha acontecido em sonhos alguém dizer qualquer coisa que não entendem, mas que parece ter um significado tremendo — quer aterrador, que faz que o sonho se torne um pesadelo, quer demasiado maravilhoso para poder ser traduzido por palavras, o que torna o sonho tão belo que o recordam toda a vida e desejam tê-lo outra vez. Foi o que se passou naquela altura. Ao ouvirem o nome de *Aslan*, cada um dos pequenos sentiu qualquer coisa brotar do interior da palavra. Edmund foi assaltado por uma sensação de misterioso horror. Peter sentiu-se de súbito audaz e aventureiro. Susan teve a impressão de que qualquer perfume delicioso, ou uma ária maravilhosa, pairava em seu redor. E Lucy teve a sensação que se experimenta quando acordamos de manhã e nos damos conta de que estamos no princípio das férias ou no início do Verão.

— E o Sr. Tumnus, onde está? — perguntou Lucy.

— Ch-ch-ch-chiu — repetiu o Castor. — Não está aqui. Tenho de vos levar até um sítio onde possamos falar à vontade e jantar.

À excepção de Edmund, nenhum deles sentia agora dificuldade em confiar no Castor e todos, incluindo Edmund, ficaram muito contentes ao ouvir a palavra «jantar». Por conseguinte, seguiram apressadamente o seu novo amigo, que os conduziu com um passo extraordinariamente rápido, sempre pelas zonas mais densas da floresta, durante mais de uma hora.

Todos se sentiam muito cansados e cheios de fome quando, de súbito, as ávores começaram a tornar-se menos cerradas e o solo se transformou numa descida acentuada. Um minuto mais tarde chegaram a uma zona de céu aberto (o Sol ainda brilhava) de onde se podia contemplar um belo panorama.

Encontravam-se à beira de um vale estreito e íngreme, no fundo do qual corria — pelo menos devia correr, se não estivesse gelado — um rio bastante largo. Mesmo por baixo deles tinha sido construído um dique e, quando o viram, todos se lembraram de repente de que os castores estão sempre a construir diques e tiveram a certeza de que tinha sido o Castor a construir aquele. Também repararam que ele estava agora com uma expressão de modéstia — o género de ar que as pessoas têm quando se visita um jardim que foram elas a fazer ou quando lêem uma história que escreveram. Por isso, foi por boa educação que Susan disse:

— Que lindo dique!

Desta feita, em vez de os mandar calar, o Sr. Castor respondeu:

— É uma insignificância! Uma insignificância! E ainda nem sequer está acabado!

Acima do dique via-se o que devia ter sido um lago profundo, mas que agora, como é evidente, era uma placa de gelo verde--escuro. E abaixo do dique, muito mais para baixo, havia mais gelo; porém, em vez de estar liso, congelara com formas de espuma e de ondas, pois a água corria no preciso momento em que o frio chegara. E no sítio em que a água estivera a pingar e a jorrar através do dique havia agora uma muralha cintilante de pingentes de gelo, como se a margem do dique estivesse coberta de flores, de grinaldas e de festões do mais puro açúcar. E lá bem no meio, parcialmente no cimo do dique, via-se uma casinha engraçada com a forma de uma enorme colmeia, da qual saía fumo por uma abertura no telhado, de modo que, ao vê-la (sobretudo se se estava com fome), se pensava imediatamente em cozinhados e se ficava ainda com mais fome do que antes.

Foi principalmente nisso que os outros três repararam, mas Edmund apercebeu-se de qualquer outra coisa. Um pouco mais abaixo do rio havia outro pequeno ribeiro que atravessava outro valezinho e que se ia juntar ao primeiro. E, ao olhar esse vale, Edmund avistou duas pequenas colinas e ficou quase certo de que eram as duas colinas que a Bruxa Branca lhe havia mostrado quando se tinham separado junto ao candeeiro. Então, entre elas, pensou o rapaz, deve ficar o seu palácio, mais ou menos a um quilómetro de distância. Pensou em Delícias Turcas e em ser Rei («Que irá o Peter achar?», perguntou-se) e passaram-lhe pela cabeça ideias terríveis.

— Cá estamos nós — anunciou o Sr. Castor — e parece-me que a minha mulher está à nossa espera. Eu vou à frente. Mas tenham cuidado para não escorregarem.

O cimo do dique era suficientemente largo para se poder andar por cima dele, embora (para os humanos) não fosse o sítio ideal para caminhar, pois estava coberto de gelo e, embora de um lado o lago gelado ficasse ao mesmo nível, do outro havia um declive acentuado para a parte mais baixa. Ao longo desse caminho, o Sr. Castor conduziu-os em fila indiana até ao meio, de onde se avistava uma grande extensão do rio, para um e outro lado. E, ao chegarem ao meio, estavam à porta de casa.

— Cá estamos nós, querida — disse o Sr. Castor para a mulher. — Encontrei-os. Estes são os Filhos de Adão e as Filhas de Eva.

Entraram todos e a primeira coisa de que Lucy se deu conta foi de um matraquear e a primeira coisa que viu foi a mulher do castor, com um ar bondoso, uma linha na boca, sentada a um canto a trabalhar à máquina de costura, de onde provinha o som. Mal as crianças entraram, parou de trabalhar e levantou-se.

— Então finalmente chegaram — cumprimentou ela, estendendo-lhes as velhas patas enrugadas. — Até que enfim! Pensar que havia de viver para ver este dia! As batatas estão a cozer, a chaleira já está a apitar e tenho a certeza de que tu, marido, nos vais arranjar peixe.

— É para já — respondeu o Sr. Castor, saindo de casa com um balde, seguido por Peter.

Atravessaram o lago profundo e gelado até ao sítio onde havia um buraquinho no gelo que o Sr. Castor todos os dias mantinha aberto com a sua machadinha. Sentou-se muito sossegado à beira do buraco, sem parecer preocupar-se por estar tanto frio, fitou-o com toda a atenção e depois, de súbito, meteu lá dentro a pata. Num abrir e fechar de olhos, já tinha tirado uma bela truta. Seguidamente repetiu a operação, até terem uma boa quantidade de peixe.

Entretanto, as raparigas ajudavam a Senhora Castor a encher a chaleira, a pôr a mesa, a partir o pão, a pôr as travessas no forno a aquecer, a tirar um grande jarro de cerveja para o Sr. Castor de um barril que se encontrava a um canto da casa e a pôr a frigideira ao lume para aquecer o óleo. Lucy pensou que os Castores tinham uma casinha muito acolhedora, embora não se comparasse com a gruta do Sr. Tumnus. Não havia livros nem quadros e as

camas, metidas nas paredes, faziam lembrar beliches de barcos. Do tecto pendiam presuntos e réstias de cebolas e contra as paredes viam-se botas de borracha, casacos de oleado, machados, grandes tesouras, pás, colheres de pedreiro e coisas para transportar argamassa, bem como canas e redes de pesca e sacos. E a toalha da mesa, embora muito limpa, era grosseira.

Já se ouvia o crepitar agradável da frigideira quando Peter e o Sr. Castor chegaram com o peixe que este já abrira com a faca e limpara ao ar livre. Podem imaginar como o peixe acabado de pescar cheirava bem enquanto o fritavam, como as crianças,

cheias de fome, esperavam ansiosamente que estivesse pronto e como ainda tinham ficado com muito mais fome antes de o Sr. Castor dizer:

— Agora já está tudo pronto.

Susan escorreu as batatas e depois voltou a pô-las a secar na panela a um lado do fogão, enquanto Lucy ajudava a Senhora Castor a distribuir as trutas pelos pratos. Dentro de minutos já todos arrastavam os bancos (todos os bancos em casa dos Castores eram de três pernas, excepto uma cadeira de baloiço especial, ao lado da lareira, para a Senhora Castor), preparados para se regalarem com a refeição. Para as crianças havia um jarro de leite (o Sr. Castor preferia cerveja) e um grande naco de manteiga muito amarelinha no meio da mesa, do qual todos tiravam quanto queriam para acompanhar as batatas. Todos os pequenos pensavam — e eu concordo com eles — que não há nada melhor do que bom peixe de água doce pescado meia hora antes e saído da frigideira meio minuto antes. Quando acabaram o peixe, a Senhora Castor tirou inesperadamente do forno uma enorme e belíssima torta de laranja, ainda a fumegar, e, ao mesmo tempo, pôs a chaleira ao lume, de modo que, quando acabaram de comer a torta, o chá estava pronto a ser servido. E quando todos já tinham a sua chávena de chá, recuaram os bancos até ficarem encostados à parede e soltaram longos suspiros de satisfação.

— Agora — disse o castor, afastando a caneca da cerveja e puxando para si a chávena de chá —, se esperarem que eu acenda o meu cachimbo, podemos passar ao que interessa. Está outra vez a nevar — acrescentou, espreitando pela janela. — Tanto melhor, pois isso significa que não vamos ter visitas. Se alguém tentou seguir-vos, não vai encontrar pegadas.

8

O QUE ACONTECEU DEPOIS DO JANTAR

— E agora, por favor, conte-nos o que aconteceu ao Sr. Tumnus — pediu Lucy.

— Foi uma tristeza — respondeu o Sr. Castor, abanando a cabeça. — Uma história muito, muito triste. Não há dúvida de que foi levado pela polícia. Quem me contou foi um pássaro que assistiu a tudo.

— Mas para onde o levaram? — quis saber Lucy.

— A última vez que alguém os viu dirigiam-se para Norte, e todos nós sabemos o que isso significa.

— *Nós* não sabemos — redarguiu Susan.

O Sr. Castor abanou a cabeça com ar soturno e explicou:

— Receio que isso queira dizer que o levaram para a casa dela.

— Mas que lhe vão fazer? — perguntou Lucy, de respiração suspensa.

— Não se sabe ao certo — respondeu o Sr. Castor. — Mas não há muitos que sejam levados para lá e voltem a sair. Estátuas. Dizem que está tudo cheio de estátuas, no pátio, pelas escadas acima e no salão nobre. Pessoas que ela transformou... — fez uma pausa, percorrido por um arrepio — transformou em pedra.

— Mas, Sr. Castor, nós não poderíamos... Quero dizer, temos de fazer qualquer coisa para o salvar — disse Lucy. — É terrível e foi tudo por minha culpa.

— Não duvido de que o salvavas se pudesses, minha querida — disse a Sr.ª Castor. — Mas não tens hipótese de entrar nessa casa contra a vontade dela e de sair de lá viva.

— Não poderíamos arranjar um estratagema? — sugeriu Peter. — Não nos podíamos disfarçar de qualquer coisa, ou fingir que éramos... vendedores ambulantes, ou coisa assim? Ou então ver quando ela saía... ou... ou... Oh, tem de haver uma maneira qualquer! Esse Fauno salvou a minha irmã pondo em risco a própria vida. Agora não podemos deixar que lhe façam uma coisa dessas.

— É inútil, Filho de Adão — respondeu o Sr. Castor. — Nem vale a pena tentar, sobretudo vocês. Mas agora, que *Aslan* vem a caminho...

— Ah, sim! Fale-nos de *Aslan*! — pediram várias vozes em coro, pois mais uma vez tinham sido assaltados por aquela estranha sensação, como os primeiros sinais da Primavera ou uma boa notícia.

— Quem é *Aslan*? — perguntou Susan.

— *Aslan*? — repetiu o Sr. Castor. — Então não sabem? É o Rei. É o Senhor do todo o bosque, mas está muitas vezes ausente, percebem? Nunca esteve aqui no meu tempo, nem no tempo do meu pai. Mas chegou-nos a notícia de que está de regresso. Neste momento está em Nárnia. E vai ajustar contas com a Bruxa Branca. É ele, e não vocês, quem irá salvar o Sr. Tumnus.

— E ela não o irá também transformar em pedra? — perguntou Edmund.

— Que grande disparate, Filho de Adão — respondeu o Sr. Castor com uma grande gargalhada. — Transformá-lo em pedra? Se conseguir aguentar-se de pé e olhá-lo de frente, já será o máximo que ela poderá fazer e bem mais do que eu a julgo capaz. Não, não. Vão entender quando o virem. Ele vai fazer justiça, como diz um antigo poema destas paragens.

O bem irá reinar quando Aslan chegar.
Quando ele rugir, a tristeza vai partir.
Quando ele rosnar, o Inverno vai acabar.
E, se a juba agitar, a Primavera vai chegar.

— Mas iremos vê-lo? — perguntou Susan.

— Escuta, Filha de Eva, foi por isso que vos trouxe até aqui. Vou conduzir-vos ao encontro dele.

— Ele é... é um homem? — perguntou Lucy.

— *Aslan* um homem! — exclamou o Sr. Castor muito sério. — Claro que não. É o Rei dos bosques e o filho do grande Imperador-de-Além-Mar. Não sabem quem é o Rei dos Animais? *Aslan* é um leão, o Leão, o grande Leão.

— O-oh! — exclamou Susan. — Pensei que era um homem. Ele não é... perigoso? Vou ficar muito nervosa por encontrar um leão.

— Sem dúvida que vais, minha querida — assegurou-lhe a Senhora Castor. — Se há alguém capaz de comparecer perante *Aslan* sem sentir os joelhos a tremer, ou é mais corajoso do que a maioria, ou mais pateta.

— Então ele é perigoso? — insistiu Lucy.

— Perigoso? — repetiu o Sr. Castor. — Quem disse que ele não era perigoso? Claro que é perigoso. Mas bom. É o Rei, estou a dizer-te.

— Estou desejoso de o ver — disse Peter —, mesmo que me sinta assustado quando chegar a altura.

— Isso é que é falar, Filho de Adão — encorajou o Sr. Castor, batendo com a pata em cima da mesa com tal força que fez tinir as chávenas e os pires. — É isso que te vai acontecer. Ouvi dizer que vocês têm de se encontrar com ele, amanhã se puderem, na Mesa de Pedra.

— Onde é isso? — perguntou Lucy.

— Eu mostro-vos — respondeu o Sr. Castor. — É mais abaixo, ao longo do rio, a uma boa distância daqui. Eu levo-vos até lá!

— Mas, entretanto, e o pobre do Sr. Tumnus? — insistiu Lucy.

— A maneira mais rápida que têm de o ajudar é irem encontrar-se com *Aslan*. Uma vez que ele esteja junto de nós, podemos começar a fazer coisas. Não é que não precisemos também de vocês, pois há outro poema que diz:

> Quando a carne e o sangue de Adão
> Ocuparem o trono em Cair Paravel,
> Os tempos de desdita acabarão.

— Assim — prosseguiu o Sr. Castor —, agora que *Aslan* chegou e que vocês chegaram, os problemas devem estar a terminar. Já ouvimos falar da vinda de *Aslan* a estas paragens há muito tempo, ninguém sabe quando foi. Mas nunca esteve cá ninguém da vossa raça.

— É isso que eu não percebo, Sr. Castor — disse Peter.

— Então a Bruxa não é humana?

— Ela quer que pensemos isso, e é nessa base que reivindica ser Rainha. Mas não é uma Filha de Eva. Descende da primeira mulher de Adão, vosso pai — nesta altura o Sr. Castor fez uma vénia —, que se chamava Lilith e era um espírito maléfico. É daí que ela descende pelo lado materno. Pelo lado paterno descende de gigantes. Não, não, a Bruxa não tem nem uma gota de sangue humano.

— É por isso que ela é tão má — explicou a Senhora Castor.

— Isso é verdade — retorquiu o marido. — Sobre os humanos, as opiniões podem dividir-se (sem ofensa para os presentes). Mas, com seres que parecem humanos e não o são, estamos todos de acordo.

— Já conheci Anões bons — disse a mulher.

— Agora que falas nisso, também eu — concordou o Sr. Castor —, mas muito poucos, e eram os que menos se assemelhavam a homens. Sigam o meu conselho: quando encontrarem qualquer ser que esteja prestes a tornar-se humano, mas que ainda não o seja, ou que tenha sido humano, mas que já não o seja, ou que deva ser humano e não o seja, mantenham os olhos bem abertos e o machado na mão. É por isso que a Bruxa está sempre alerta, à procura de humanos em Nárnia. Há muito tempo que vos espera e, se soubesse que eram quatro, ainda se tornava mais perigosa.

— Mas porquê? — perguntou Peter.

— Por causa de outra profecia — respondeu o Sr. Castor. — Em Cair Paravel, onde fica o castelo, à beira-mar, junto à foz do rio, e que deveria ser a capital de todo o país se as coisas fossem como deveriam ser, há quatro tronos; e há um ditado muito antigo em Nárnia segundo o qual, quando dois Filhos de Adão e duas Filhas de Eva ocuparem esses tronos, será o fim do reinado da Bruxa Branca e também da sua vida. É por isso que tivemos de ser tão cautelosos ao vir para aqui pois, se ela soubesse da vossa presença, as vossas vidas não valiam mais do que um aceno dos meus bigodes.

As crianças estavam a escutar o Sr. Castor com tanta atenção que durante muito tempo não se deram conta de mais nada. Todavia, no momento de silêncio que se seguiu à sua última observação, Lucy perguntou de súbito:

— Onde está o Edmund?

Houve uma pausa terrível, após o que todos começaram a perguntar:

— Quem foi o último a vê-lo?

— Há quanto tempo desapareceu?

— Estará lá fora?

Depois precipitaram-se todos para a porta e espreitaram para o exterior.

Uma neve densa caía sem parar, o gelo verde do lago desaparecera, coberto por um espesso manto branco, e do ponto onde a casinha se encontrava, no centro do dique, mal se conseguia avistar a outra margem. Saíram de casa, enterrando-se na neve até bem acima dos tornozelos, e contornaram-na em todas as direcções.

— Edmund! Edmund! — chamaram, até ficarem roucos. Mas a neve que caía em silêncio parecia abafar-lhes as vozes e nem sequer houve um eco de resposta.

— Que coisa terrível! — exclamou Susan. — Quem me dera que não tivéssemos vindo.

— Que havemos de fazer, Sr. Castor? — perguntou Peter.

— Fazer? — ecoou o Sr. Castor, enquanto calçava as galochas. — Temos de partir imediatamente. Não há um minuto a perder!

— É melhor dividirmo-nos em quatro grupos para o procurar — sugeriu Peter — e partirmos em direcções diferentes. Quem o encontrar volta imediatamente aqui e...

— Grupos para o procurar, Filho de Adão? — interrompeu o Sr. Castor. — Para quê?

— Ora, para encontrarmos o Edmund, claro!

— Não vale a pena procurá-lo.

— Que quer dizer? — perguntou Susan. — Ele não pode estar longe. E temos de o encontrar. Que quer dizer com isso de não valer a pena procurá-lo?

— A razão por que não vale a pena procurá-lo é que já sabemos aonde foi! — Todos o fitaram boquiabertos. — Não estão a perceber? Foi ter com *ela*, com a Bruxa Branca. Traiu-nos a todos.

— Francamente! — exclamou Susan. — Ele não pode ter feito uma coisa dessas.

— Não pode? — repetiu o Sr. Castor, olhando atentamente para as três crianças, que emudeceram por terem de súbito a certeza, no seu íntimo, de que fora isso exactamente o que Edmund fizera.

— Mas ele sabe o caminho? — perguntou Peter.

— Ele já cá esteve? — perguntou o Sr. Castor, por sua vez.

— Já cá esteve sozinho?

— Já — respondeu Lucy num murmúrio. — Receio bem que sim.

— E disse-vos o que tinha feito ou quem tinha encontrado?

— Não, não disse — respondeu Lucy.

— Então escutem bem. Ele já encontrou a Bruxa Branca, tomou o partido dela e sabe onde ela vive. Não quis referir isso antes por se tratar do vosso irmão, mas, mal pus os olhos nele, disse para comigo: «Um traidor.» Tinha o ar de quem já esteve com a Bruxa e comeu da comida dela. Quem viveu durante muito tempo em Nárnia reconhece-os sempre. Há qualquer coisa no olhar deles.

— Mesmo assim — insistiu Peter em voz embargada —, temos de ir à procura dele. Seja como for, é nosso irmão, mesmo que seja uma peste. E é apenas um garoto.

— Ir a casa da Bruxa Branca? Não acham que a única hipótese de o salvarem e de se salvarem é manterem-se longe dela?

— Que quer dizer? — perguntou Lucy.

— Ouçam, o que ela quer é apanhar-vos aos quatro, pois está sempre a pensar nesses quatro tronos de Cair Paravel. Uma vez que estivessem os quatro dentro da casa dela, a Bruxa conseguia os seus intentos e ficava com quatro novas estátuas para a sua colecção antes de vocês terem tempo de proferir uma palavra. Mas, enquanto só o tiver a ele, conserva-o vivo, para o utilizar como isco a fim de vos apanhar a vocês.

— Ai, será que ninguém nos pode ajudar? — lamentou-se Lucy.

— Só *Aslan* — respondeu o Sr. Castor. — Temos de ir ao seu encontro. Agora é a nossa única hipótese.

— Parece-me, meus queridos — afirmou a Senhora Castor —, que é muito importante saber *quando* se escapou ele. O que o vosso irmão pode contar-lhe depende do que ouviu. Por exemplo, já tínhamos começado a falar de *Aslan* quando ele se foi embora? Se não tínhamos, não há problema, pois ela não vai saber que *Aslan* chegou a Nárnia, nem que vamos ter com ele, e vai ser apanhada desprevenida a esse respeito.

— Não me lembro de ele estar aqui quando falámos de *Aslan*... — começou Peter a dizer. Mas Lucy interrompeu-o com ar desconsolado:

— Estava, sim. Não se recordam de que foi ele que perguntou se a Bruxa também era capaz de transformar *Aslan* em estátua?

— Pois foi, por Júpiter! — exclamou Peter. — É mesmo dele!

— Isto está cada vez pior — comentou o Sr. Castor. — O que resta saber é se ele ainda estava aqui quando eu vos disse que o lugar para encontrar *Aslan* era a Mesa de Pedra.

Claro está que ninguém sabia responder a esta pergunta.

— Porque, se estava — prosseguiu o Sr. Castor —, ela vai de trenó nessa direcção, corta-nos o caminho e apanha-nos antes de chegarmos lá. E ficamos impossibilitados de nos encontrar com *Aslan*.

— Mas, tanto quanto a conheço, não é isso que ela vai começar por fazer — disse a Senhora Castor. — Mal Edmund lhe conte que estamos todos aqui, ela vai pôr-se a caminho para nos apanhar esta noite e, se ele partiu há meia hora, ela vai cá chegar dentro de vinte minutos.

— Tens razão — concordou o marido. — Temos de sair daqui. Não há um minuto a perder.

9

NA CASA DA BRUXA

E agora, é claro, querem saber o que aconteceu a Edmund. Comera a sua parte do jantar, mas não o tinha apreciado plenamente por ter estado o tempo todo a pensar nas Delícias Turcas — e não há nada que estrague tanto o paladar da boa comida caseira como a recordação de má comida mágica. Ouvira a conversa, que também não lhe agradara muito, pois estava sempre a pensar que os outros não reparavam nele e tentavam pô-lo de parte. Não era esse o caso, mas ele assim imaginava. Depois ficara a escutar, até o Sr. Castor lhes falar de *Aslan* e até ouvir todos os preparativos para se encontrarem com ele junto da Mesa de Pedra. Foi nessa altura que se começou a esgueirar de mansinho por baixo do cortinado que tapava a porta. Isso porque ouvir o nome de *Aslan* lhe provocava uma sensação misteriosa e horrível, tal como provocava nos outros uma sensação misteriosa e maravilhosa.

No momento em que o Sr. Castor recitava o poema sobre *a carne e o sangue de Adão,* Edmund rodava o puxador da porta sem fazer ruído; e, antes de o Sr. Castor começar a contar-lhes que a Bruxa Branca não tinha nada de humano, mas era metade de um espírito maléfico e metade de gigante, Edmund havia saído para a neve, fechando cautelosamente a porta atrás de si.

Não vão pensar que, mesmo nesse momento, Edmund era tão mau que quisesse ver os irmãos transformados em pedra. O que ele queria eram Delícias Turcas, ser Príncipe (e mais tarde Rei) e fazer Peter arrepender-se de lhe ter chamado peste. Quanto ao que a Bruxa iria fazer com os outros, não queria que ela fosse particularmente simpática com eles, sobretudo que não os pusesse ao nível dele; mas conseguia acreditar, ou pretendia acreditar, que ela não lhes faria nada muito mau, «porque», pensava, «todas essas pessoas que falam mal dela são suas inimigas e provavelmente metade do que dizem não é verdade. Ela foi muito gentil comigo, muito mais gentil do que eles. Espero que seja mesmo a verda-

67

deira Rainha. De qualquer modo, deve ser melhor do que esse horrível *Aslan*!». Pelo menos, foi essa a desculpa que encontrou para o que estava a fazer. Contudo, não era uma boa desculpa, pois, lá muito no fundo, sabia que a Bruxa Branca era má e cruel. A primeira coisa de que se deu conta quando chegou lá fora e viu que a neve caía em seu redor foi que deixara o casaco na casa dos Castores. E, como é evidente, agora não havia hipótese de voltar atrás para o ir buscar. A seguir apercebeu-se de que a luz do dia quase tinha desaparecido, pois já eram perto de três horas quando se tinham sentado para comer e os dias de Inverno eram curtos. Isso era uma coisa com que não contara, mas tinha de tirar o melhor partido da situação. Assim, puxou o colarinho para cima e começou a caminhar a custo sobre o dique (por sorte, este estava menos escorregadio desde que começara a nevar) até à margem mais afastada do rio.

Quando chegou ao outro lado, a situação não era animadora. Cada vez ia ficando mais escuro e, devido aos flocos de neve que rodopiavam em seu redor, mal conseguia ver um metro à frente do nariz. Além disso, estrada era coisa que não existia. Não parava de escorregar na neve e nas poças de água geladas, de tropeçar nos troncos de árvore caídos, de deslizar por ravinas íngremes e de esfolar as canelas contra as rochas, até estar encharcado, cheio de frio e coberto de nódoas negras. O silêncio e a solidão

eram tremendos. Na realidade, penso que talvez tivesse desistido de todo o plano, regressado, reconhecido que procedera mal e feito as pazes com os outros, se não tivesse dito para consigo: «Quando for Rei de Nárnia, a primeira coisa que vou fazer é mandar construir estradas decentes.» E é claro que a partir daí começou a pensar em ser Rei e em todas as outras coisas que faria, o que o animou um bocado. Acabara justamente de decidir que género de palácio e quantos carros iria ter, no cinema particular que mandaria construir, onde passariam as vias férreas principais e que leis decretaria contra os castores e os diques, e estava a dar os últimos retoques num plano para meter Peter na ordem, quando o tempo mudou. Primeiro parou de nevar. Depois levantou-se vento e ficou um frio de rachar. Por fim, as nuvens dissiparam-se e a Lua surgiu. Era lua cheia, que, a brilhar no meio de toda aquela neve, tornava tudo quase tão claro como se fosse dia, embora as sombras fizessem bastante confusão.

Nunca teria encontrado o caminho se a Lua não tivesse surgido no momento em que chegou a outro rio — recordam-se de que, quando chegaram a casa dos Castores, ele vira um rio mais pequeno que ia desaguar no maior, não recordam? Foi aí que chegou e virou-se para o subir. Porém, o valezinho que esse rio atravessava era muito mais abrupto e rochoso do que o anterior; além disso, estava coberto de arbustos, de modo que não teria conseguido transpô-lo no meio de toda aquela escuridão. Mesmo com o luar, ficou encharcado, pois teve de se agachar para passar por baixo de ramos de onde deslizavam grandes pedaços de neve, que lhe caíam nas costas. Cada vez que isso acontecia, Edmund pensava quanto odiava Peter, como se tudo aquilo fosse culpa dele.

Por fim, chegou a uma zona mais plana, onde o vale se alargava. E ali, do outro lado do rio, muito perto, no meio de uma

pequena planície entre duas colinas, avistou o que devia ser a casa da Bruxa Branca. A Lua brilhava com mais intensidade do que nunca. Na realidade, a casa era um pequeno castelo, que parecia todo formado por torres; pequenas torres encimadas por flechas aguçadas como agulhas, que faziam lembrar grandes chapéus de bruxas e que cintilavam ao luar, desenhando na neve sombras longas e estranhas. Edmund começou a sentir medo da casa.

Agora era, porém, tarde de mais para pensar em voltar para trás. Atravessou o rio, caminhando sobre o gelo, e subiu até à casa. Tudo estava imóvel e não se ouvia o mais pequeno som. Nem os seus pés faziam barulho ao pisar a neve profunda, acabada de cair. Continuou a caminhar e a caminhar, passando por sucessivas esquinas e torreões da casa, procurando descobrir a porta. Teve de dar a volta até ao extremo oposto para a encontrar. Era uma enorme arcada, mas as grandes portadas de ferro encontravam-se abertas de par em par.

Edmund dirigiu-se até lá e olhou para o interior; aí deparou--se-lhe um espectáculo que quase lhe fez parar o coração. Perto da porta, banhado pelo luar, encontrava-se um enorme leão acocorado, como se estivesse prestes a saltar. Com os joelhos a tremer, Edmund ficou encoberto pela sombra da arcada, com receio de continuar ou de retroceder. Permaneceu aí tanto tempo que teria ficado com os dentes a bater de frio se os não tivesse a bater de medo. Quanto tempo aí esteve, não sei, mas a Edmund pareceram horas.

Por fim começou a perguntar-se porque estaria o leão tão quieto, pois não se movera nem um centímetro desde que o olhara pela primeira vez. Aventurou-se a aproximar-se um pouco, sem sair da sombra da arcada. Foi então que percebeu, pela posição do leão, que este não podia ter estado a olhar para ele. «Mas imaginemos que volta a cabeça», pensou Edmund. Na realidade, estava a olhar para outra coisa qualquer, mais concretamente para um pequeno anão que se encontrava de costas para ele a cerca de metro e meio. «Ah!», pensou Edmund, «quando se atirar ao anão, será a minha hipótese de escapar.» Porém, tanto o leão como o anão continuavam sem se mexer. Foi então que Edmund se lembrou do que os outros tinham dito acerca de a Bruxa Branca transformar as pessoas em estátuas. Talvez aquilo não passasse de um leão de pedra. E, mal pensou nisso, reparou que o dorso e o alto da cabeça do leão estavam cobertos de neve. É claro que se tratava apenas de uma estátua! Nenhum animal vivo deixaria que a neve o cobrisse daquele modo. Depois, muito devagar e com o coração aos saltos como se fosse rebentar, Edmund aventurou-se a aproximar-se do leão. Mesmo assim, mal se atrevia a tocar-lhe, mas por fim estendeu a mão, muito depressa, e sentiu a pedra fria. Tinha-se assustado com uma simples estátua!

O alívio que experimentou foi tão grande que, apesar do frio, de repente ficou quente até à ponta dos pés, ao mesmo tempo que lhe ocorria uma ideia maravilhosa. «Provavelmente», pensou, «este é o grande leão *Aslan* de quem estiveram todos a falar. Ela já o apanhou e transformou-o em pedra. Assim acabam-se as belas ideias com que estavam a seu respeito! Pff! Quem tem medo de *Aslan*?»

E ali ficou a regozijar-se com a triste sorte do leão, até que acabou por fazer uma coisa muito tola e infantil. Tirou um lápis do bolso e desenhou-lhe uns bigodes sobre o lábio superior e uns óculos à volta dos olhos. Depois disse com os seus botões: «Ah! *Aslan*, grande palerma! Que tal te parece seres de pedra? Julgaste-te muito esperto, não foi?» Porém, apesar das garatujas, o enorme animal de pedra ainda tinha um ar de tal modo medonho, triste e nobre, de olhos fixos ao luar, que, no fundo, Edmund não sentiu prazer com a brincadeira. Por isso deu meia volta e começou a atravessar o pátio.

Ao chegar ao meio, viu que havia dezenas de estátuas em redor — de pé aqui e além, como peças num tabuleiro de xadrez, a meio de um jogo. Havia sátiros e lobos, ursos e raposas e gatos--bravos de pedra. Havia silhuetas encantadoras que pareciam mulheres, mas eram espíritos das árvores. Havia a grande forma de um centauro, um cavalo alado e um ser longo e esguio que Edmund pensou ser um dragão. Tinham todos um ar tão estranho, eram tão reais, mas estavam tão imóveis, banhados pela luz

fria do luar, que atravessar o pátio era arrepiante. Mesmo a meio erguia-se uma forma enorme, semelhante a um homem, mas da altura de uma árvore, com um rosto cruel, uma barba emaranhada e uma grande clava na mão direita. Embora soubesse que se tratava apenas de um gigante de pedra, e não de um gigante vivo, Edmund não gostou nada de passar junto dele.

Foi então que avistou uma luz fraca a brilhar através de um umbral, no extremo mais distante do pátio. Dirigiu-se para lá e viu um lanço de escadas que ia dar a uma porta aberta. Edmund subiu os degraus. Na soleira estava um grande Lobo a barrar-lhe o caminho.

«Não há problema, não há problema», repetia para si mesmo, «é apenas um lobo de pedra. Não vai fazer-me mal»; e levantou a perna para lhe passar por cima. No mesmo instante, o enorme animal ergueu-se, com os pêlos do dorso eriçados, abriu uma bocarra vermelha e perguntou num rosnido:

— Quem está aí? Quem está aí? Pára, desconhecido, e diz-me quem és.

— O meu nome é Edmund — respondeu o rapaz a tremer tanto que mal conseguia falar. — Sou o Filho de Adão que Sua Majestade encontrou no bosque no outro dia e vim trazer-lhe a notícia de que os meus irmãos se encontram agora em Nárnia, muito perto, na casa dos Castores. Ela queria conhecê-los.

— Vou dizer a Sua Majestade. Entretanto, se tens amor à vida, fica aí quieto na soleira da porta — respondeu o Lobo, desaparecendo dentro de casa.

Edmund ficou à espera, com os dedos a doerem-lhe de frio e o coração aos saltos no peito, até que o grande lobo, Maugrim, o Chefe da Polícia Secreta da Bruxa, reapareceu e disse:

— Entra! Entra! Afortunado favorito da Rainha. Ou talvez não tão afortunado.

Edmund entrou, com grande cautela para não pisar as patas do Lobo.

Foi dar a um salão comprido e sombrio, com muitos pilares e, tal como o pátio, cheio de estátuas. A que se encontrava mais perto da porta era um pequeno fauno com uma expressão muito triste e Edmund não pôde deixar de se perguntar se seria o amigo de Lucy. A única luz que havia provinha de uma lâmpada junto da qual se encontrava sentada a Bruxa Branca.

73

— Sempre voltei, Majestade — disse Edmund, precipitando-se para ela.

— Como te atreves a vir sozinho? — perguntou a Bruxa com uma voz terrível. — Não te disse que trouxesses os outros?

— Desculpe, Majestade. Fiz o melhor que pude. Trouxe-os até muito perto. Estão na casinha no alto do dique, lá em cima, no rio, com os Castores.

Um sorriso lento e cruel desenhou-se no rosto da Bruxa.

— E essa é a única notícia que tens para me dar?

— Não, Majestade — respondeu Edmund, que começou logo a contar-lhe tudo o que ouvira antes de sair de casa dos Castores.

— O quê? *Aslan?* — exclamou a Rainha. — *Aslan!* Será verdade? Se descubro que me mentiste...

— Por favor, só estou a repetir o que eles disseram — tartamudeou Edmund.

Mas a Rainha, que já não o ouvia, bateu as palmas. No mesmo instante apareceu o mesmo anão que Edmund já tinha visto com ela.

— Prepara o trenó — ordenou — e usa os arreios sem campainhas.

10

O FEITIÇO COMEÇA A QUEBRAR-SE

Agora temos de voltar aos Castores e às outras três crianças. Mal o Sr. Castor disse «não há um minuto a perder», começaram todos a embrulhar-se nos casacos, excepto a Senhora Castor, que se pôs a apanhar sacas e a abri-las em cima da mesa, enquanto dizia:

— Chega-me aí esse presunto, marido. Aqui está um pacote de chá, açúcar e fósforos. E um de vocês tire-me dois ou três pães aí do pote de barro ao canto.

— Que está a fazer, Senhora Castor? — perguntou Susan.

— A preparar um farnel para cada um de nós, minha querida — respondeu ela com grande calma. — Não julgavas que íamos partir de viagem sem nada para comer, pois não?

— Mas não temos tempo! — exclamou Susan, abotoando a gola do casaco. — Ela pode chegar a qualquer momento.

— Eu sou da mesma opinão — concordou o Sr. Castor.

— Parem com isso — respondeu a Senhora Castor. — Pensa lá bem. Ela vai demorar pelo menos um quarto de hora.

— Mas, se queremos chegar à Mesa de Pedra antes dela, não será melhor termos um avanço tão grande quanto possível? — sugeriu Peter.

— Não se pode esquecer, Senhora Castor, de que, mal ela chegue aqui e descubra que partimos, vai atrás de nós a toda a velocidade — insistiu Susan.

— Lá isso é verdade — concordou a Senhora Castor.

— Mas, de qualquer modo, façamos o que fizermos, não vamos conseguir chegar antes dela, porque vamos a pé e ela vai de trenó.

— Então... não temos esperança? — lamentou-se Susan.

— Vá lá, minha querida, não te apoquentes — aconselhou a Senhora Castor. — Vai buscar meia dúzia de guardanapos lavados ali à gaveta. Claro que temos esperança. Não conseguimos

chegar antes dela, mas podemos ficar escondidos e seguir por caminhos de que ela não suspeite e talvez assim seja possível.
— Tens razão — concordou o marido. — Mas está na altura de partirmos.
— E tu também não comeces a apoquentar-te — disse a Senhora Castor. — Pronto. Assim é melhor. Há cinco farnéis, e o mais pequeno é para o mais pequeno de nós. É para ti, minha querida — acrescentou, olhando para Lucy.
— Oh, vamos lá andando — suplicou Lucy.
— Bem, agora estou pronta — respondeu por fim a Senhora Castor, deixando o marido ajudá-la a calçar as galochas.
— A máquina de costura é capaz de ser pesada de mais para levar, não?

— É, é — respondeu o Sr. Castor. — Pesadíssima. E imagino que não estás a pensar que a poderias utilizar pelo caminho.
— Não suporto a ideia de a Bruxa começar a mexericar-lhe e de a partir ou até de a roubar.
— Oh, por favor, por favor, despache-se — suplicaram as três crianças.
E assim acabaram por sair de casa e o Sr. Castor fechou a porta à chave, dizendo:
— Isto vai atrasá-la um bocado.

Meteram-se a caminho, carregando os farnéis ao ombro. Quando iniciaram a viagem, tinha parado de nevar e a Lua surgira. Seguiam em fila indiana — à frente o Sr. Castor, depois Lucy, Peter, Susan e, finalmente, a Senhora Castor. Ele conduziu-os através do dique até à margem direita do rio e, seguidamente, ao longo de um carreiro muito irregular que corria entre as árvores. As encostas do vale, brilhando ao luar, erguiam-se de cada lado muito acima deles.

— É melhor mantermo-nos aqui no fundo enquanto for possível — aconselhou o Sr. Castor. — A Bruxa vai ter de seguir lá por cima, porque não é possível vir por aqui de trenó.

Teria sido uma bela cena para contemplar através de uma janela, sentado num sofá confortável. Mas, mesmo como as coisas se passavam na realidade, a caminhada, a princípio, agradou a Lucy. Porém, à medida que iam caminhando sem parar e que o saco que transportava se ia tornando mais pesado, começou a perguntar-se se iria aguentar. E deixou de olhar o brilho deslumbrante do rio gelado, com todas as suas quedas de água congeladas, as massas brancas dos cimos das árvores, a grande Lua cintilante e as inúmeras estrelas, para só conseguir dar atenção às perninhas curtas do Sr. Castor, a seguirem, pat–pat–pat–pat, através da neve à sua frente, como se nunca mais fossem parar.

Depois a Lua desapareceu e recomeçou a nevar. Por fim, Lucy estava tão cansada que quase caminhava a dormir em pé, quando de súbito descobriu que o Sr. Castor se afastara da margem do rio para a direita e que os conduzia pela colina acima até a uns arbustos muito cerrados. Depois, ao acordar por completo, verificou que ele se estava a esgueirar para o interior de uma pequena toca, que ficava quase oculta sob os arbustos, até se estar mesmo em cima dela. Na realidade, quando se apercebeu do que se estava a passar, já só se avistava a sua cauda curta e achatada.

Lucy inclinou-se imediatamente e rastejou lá para dentro atrás dele. Depois ouviu ruídos e respirações ofegantes atrás de si e daí a um momento já se encontravam os cinco lá dentro.

— Onde estamos? — perguntou Peter, com uma voz cansada e pálida na escuridão. (Espero que entendam o que quero dizer com uma voz pálida.)

— É um velho esconderijo de castores, para os tempos difíceis — respondeu o Sr. Castor —, e é um grande segredo. Não será lá grande coisa, mas temos de dormir umas horas.

— Se não estivessem todos com o fogo no rabo à partida, tinha trazido umas almofadas — disse a Senhora Castor. Não era de modo nenhum uma gruta tão agradável como a do Sr. Tumnus, pensou Lucy, mas apenas um buraco no solo, embora de terra seca. Era tão pequeno que, quando todos se deitaram, mais pareciam um monte de roupa no chão, pelo que, além de terem aquecido devido à longa caminhada, ficaram muito aconchegados. Se ao menos o chão da gruta fosse um pouco mais macio! Depois, a Senhora Castor passou no escuro um frasquinho com um líquido qualquer, que beberam; engasgaram-se, tossiram e sentiram picadas na garganta, mas também lhes provocou um calor delicioso depois de o terem engolido. E adormeceram todos de seguida.

Lucy teve a impressão de que passara apenas um minuto (embora, na realidade, fossem horas e horas mais tarde) quando acordou com um bocadinho de frio e o corpo terrivelmente rígido e a pensar em como lhe apetecia um banho quente. Depois sentiu uns bigodes compridos a fazerem-lhe cócegas na cara e viu a luz fria do dia a entrar pela abertura da gruta. Mas logo a seguir ficou completamente desperta, e o mesmo aconteceu a todos os outros. Na realidade, estavam sentados com os olhos e a boca muito abertos a escutar um som que era precisamente o ruído em que tinham estado todos a pensar (e por vezes a imaginar que ouviam) durante a caminhada da véspera. Era um som de campainhas.

Mal ouviu aquilo, o Sr. Castor saiu da gruta com a rapidez de um relâmpago. Talvez vocês pensem, como Lucy pensou durante um momento, que fazer isso era uma tolice. Mas, de facto, era uma coisa muito sensata, pois ele sabia que podia trepar até ao cimo da colina, entre arbustos e espinheiros, sem ser visto; e queria acima de tudo ver que caminho seguia o trenó da Bruxa. Os outros ficaram sentados na gruta à espera, sem saberem o que fazer. Esperaram quase cinco minutos. Depois ouviram algo que os assustou muito. Ouviram vozes. «Oh», pensou Lucy, «viram-no. Ela apanhou-o!» Foi grande a sua surpresa quando, pouco depois, ouviram a voz do Sr. Castor a chamá-los da entrada da gruta.

— Não há problema — gritava ele. — Vem cá fora, mulher. Saiam, Filho e Filhas de Adão. Não há problema! Aquilo não era a *Ela!* — Claro está que a gramática não era lá grande coisa, mas é assim que os castores falam quando estão muito excitados; em Nárnia, quero eu dizer, pois no nosso mundo em geral não falam.

Então a Senhora Castor e os garotos saíram da gruta, ao monte e a piscar os olhos devido à luz, cobertos de terra, todos a cheirar a bafio, a precisarem de uma escovadela e de uma penteadela e ainda com olhos de sono.

— Venham cá! — gritava o Sr. Castor, quase a dançar de alegria. — Venham ver! Isto é um valente golpe para a Bruxa! Parece que já começa a perder o poder.

— Que quer dizer, Sr. Castor? — perguntou Peter ofegante, enquanto iam subindo todos juntos a encosta íngreme do vale.

— Eu não vos disse que ela conseguiu que fosse sempre Inverno e nunca fosse Natal? — perguntou o Sr. Castor. — Não vos disse? Pois venham cá ver!

E então chegaram todos ao cimo e viram mesmo.

Era um trenó puxado por renas, com campainhas nos arreios. Mas estas eram muito maiores do que as da Rainha, e não eram brancas, mas castanhas. E no trenó ia sentado alguém que todos reconheceram mal puseram os olhos nele. Era um homem muito grande, com uma capa de um vermelho-vivo, um capuz forrado de pele e uma grande barba branca que parecia uma grande queda de água cheia de espuma a cobrir-lhe o peito. Todos o conheciam, porque, embora só se vejam pessoas como ele em Nárnia, vêem-se gravuras dele e ouve-se falar dele no nosso mundo — no mundo deste lado do guarda-fatos. Porém, quando se vêem em Nárnia, é muito diferente. Algumas gravuras com o Pai Natal no nosso mundo representam-no com um ar folgazão e divertido. Mas agora, que as crianças estavam mesmo a olhar para ele, não o acharam bem assim. Era tão grande, tão alegre e tão real que ficaram todos imóveis. Sentiram-se muito felizes, mas também cheios de solenidade.

— Finalmente, cheguei — anunciou o Pai Natal. — Ela manteve-me afastado durante muito tempo, mas finalmente consegui. *Aslan* vem a caminho. E a magia da Bruxa está a enfraquecer.

Lucy sentiu-se invadida por aquele arrepio profundo de alegria que só se experimenta quando se está calmo e solene.

— E agora — prosseguiu o Pai Natal — vamos aos vossos presentes. Para si, Senhora Castor, tenho uma máquina de costura nova e melhor. Deixo-a em sua casa quando por lá passar.

— Muito agradecida — respondeu ela, fazendo uma vénia.

— Mas a porta está fechada à chave.

— Trancas e cadeados não são nada para mim — retorquiu o Pai Natal. — Quanto a si, Sr. Castor, quando chegar a casa encontrará o seu dique acabado, com todas as fendas vedadas e uma comporta nova.

O Sr. Castor ficou tão contente que abriu muito a boca e depois descobriu que não conseguia dizer uma palavra.

— Peter, Filho de Adão — prosseguiu o Pai Natal.

— Estou aqui.

— Estes são os teus presentes — foi a resposta. — Não são brinquedos, mas sim utensílios. A altura de os usares talvez já esteja próxima. Cuida bem deles.

Com estas palavras entregou a Peter um escudo e uma espada. O escudo era prateado e nele via-se um leão vermelho, erguido nas patas traseiras, de uma tonalidade tão viva como a de um morango maduro no momento em que é colhido. O punho da espada era de ouro e tinha uma bainha, um talim e tudo o mais que é necessário; além disso, era mesmo do tamanho e do peso indicados para ele. Ao receber estes presentes, Peter ficou em silêncio, com ar solene, pois sentiu que eram prendas muito sérias.

— Susan, Filha de Eva, isto é para ti — prosseguiu o Pai Natal, estendendo-lhe um arco, uma aljava cheia de setas e uma pequena trompa de marfim. — Só deves usar o arco em caso de extrema necessidade, pois não quero que combatas na batalha. Com ele não é fácil falhar. E, quando levares esta trompa aos lábios e a soprares, estejas onde estiveres, julgo que receberás ajuda de qualquer tipo.

— Lucy, Filha de Eva — disse por fim, e Lucy deu um passo em frente. O Pai Natal entregou-lhe uma garrafinha que parecia de vidro (mas mais tarde as pessoas diziam que era feita de diamante) e uma pequena adaga. — Nesta garrafa há um licor feito de uma das flores de fogo que crescem nas montanhas do Sol. Se tu ou algum dos teus amigos se magoar, umas gotinhas disto curá-los-ão. E a adaga é para te defenderes, em caso de grande necessidade, pois tu também não deves participar na batalha.

— Porquê, Pai Natal? — perguntou Lucy. — Penso... não sei... mas penso que sou suficientemente corajosa.

— Não é essa a questão. Mas as batalhas são feias quando as mulheres combatem. E agora — nessa altura tornou-se de súbito menos grave — aqui está qualquer coisa para usarem já! — E tirou (suponho que do grande saco que trazia às costas, embora ninguém o visse fazê-lo) uma grande bandeja com cinco chávenas e pires, uma tigela com cubos de açúcar, um jarro de natas e um grande bule cheio de chá a ferver. Depois bradou: — Feliz Natal! Longa vida para o verdadeiro Rei! — Fez estalar o chicote e ele, as renas e o trenó tinham-lhes desaparecido da vista antes de alguém perceber que tinham partido.

Peter acabara precisamente de desembainhar a espada e estava a mostrá-la ao Sr. Castor, quando a mulher deste disse:

— Então! Então! Não fiquem aí a falar até o chá arrefecer. É mesmo coisa de homens. Venham ajudar-me a levar a bandeja e vamos tomar o pequeno-almoço. Ainda bem que me lembrei de trazer a faca do pão.

Assim, voltaram a descer a encosta e regressaram à gruta, onde o Sr. Castor cortou pão e presunto com os quais fez sanduíches, a Senhora Castor serviu o chá e todos se regalaram. Mas, muito antes de terem acabado, já o Sr. Castor dizia:

— Está na hora de prosseguirmos.

11

ASLAN APROXIMA-SE

Entretanto, Edmund estava a sentir-se extremamente desapontado. Depois de o anão ter ido buscar o trenó, esperara que a Bruxa começasse a ser simpática com ele, como da outra vez em que se tinham encontrado. Mas ela não dizia uma palavra.

— Por favor, Majestade, podia dar-me umas Delícias Turcas? — pediu por fim Edmund, fazendo apelo a toda a sua coragem.

— Vossa... Vossa Majestade... disse...

— Silêncio, imbecil! — respondeu a Bruxa. Seguidamente pareceu mudar de opinião e acrescentou, como que para si própria: — Mas também, não quero que o fedelho me desmaie pelo caminho.

Bateu as palmas e apareceu outro anão.

— Traz de comer e de beber a esta criatura humana — ordenou.

O anão desapareceu e regressou com uma taça de ferro com água e um prato de ferro com um naco de pão seco. Fez um sorriso desagradável ao colocá-los no chão, ao lado de Edmund, e disse:

— Delícias Turcas para o principezinho. Ah! Ah! Ah!

— Leva isto daqui — disse Edmund amuado. — Não quero pão seco.

Mas a Bruxa virou-se para ele com uma expressão tão terrível estampada no rosto que Edmund pediu desculpa e começou a mordiscar o pão, embora este estivesse tão duro que mal conseguia engoli-lo.

— Bem podes contentar-te com ele até tornares a comer pão — asseverou a Bruxa.

Ainda não acabara de o engolir quando o primeiro anão voltou para anunciar que o trenó estava pronto. A Bruxa Branca levantou-se e saiu, ordenando a Edmund que a acompanhasse. Quando chegaram ao pátio, recomeçara a nevar, mas ela pare-

ceu nem reparar e disse a
Edmund que se sentasse ao
seu lado no trenó. Porém,
antes de partirem, chamou
Maugrim, que apareceu aos
saltos, como um enorme
cão, ao lado do trenó.

— Leva contigo os mais
velozes dos teus lobos, vai
imediatamente até casa dos
Castores e mata quem lá
encontrares — ordenou a
Bruxa. — Se já tiverem
partido, sigam a toda a velocidade para a Mesa de
Pedra, mas sem serem vis-
tos. Esperem lá por mim,

escondidos. Entretanto, tenho de seguir muito para oeste, até
encontrar um sítio onde possa atravessar o rio. Têm de ultrapassar esses humanos antes de eles chegarem à Mesa de Pedra. Se os
encontrarem, já sabem o que têm a fazer!

— Oiço e obedeço, Majestade — rosnou o lobo, que imediatamente desapareceu a toda a velocidade no meio da neve e
da escuridão, tão rápido como um cavalo a galope. Daí a minutos
já tinha chamado outro lobo e estava com ele no dique a farejar
a casa dos Castores. É claro que a encontraram vazia. Teria sido
terrível para os Castores e para as crianças se a noite estivesse boa,
pois, nesse caso, os lobos teriam podido seguir-lhes o rasto e quase
de certeza os teriam alcançado antes de terem chegado à gruta.
Mas agora, que a neve recomeçara a cair, não se sentia o seu
cheiro e até as pegadas haviam desaparecido.

Entretanto, o anão chicoteara as renas, e a Bruxa e Edmund
transpuseram a arcada e afastaram-se no meio do frio e da escuridão. Foi uma viagem terrível para Edmund, que não levava
casaco. Ainda nem decorrera um quarto de hora e já tinha o peito
coberto de neve; em breve deixou de tentar sacudi-la, pois mal
o fazia logo ficava na mesma e aquilo fatigava-o. Pouco depois
estava encharcado até aos ossos. Ah, como se sentia infeliz! Agora
já não dava a impressão de que a Bruxa tencionasse fazê-lo Rei.

Todas as coisas que ele dissera para se convencer de que ela era gentil e bondosa e de que era justo tomar o seu partido lhe pareciam agora palermices. Nesse momento teria dado tudo para encontrar os outros — até Peter! A única coisa que o consolava era tentar acreditar que tudo aquilo era um sonho e que poderia acordar a qualquer momento. E, enquanto seguiam, hora após hora, cada vez lhe parecia mais estar a sonhar.

A viagem durou mais do que poderia descrever, ainda que escrevesse páginas e páginas sobre ela. Mas vou saltar para a altura em que amanheceu, a neve parou e eles prosseguiram a toda a velocidade à luz do dia. Mesmo assim, continuaram durante muito tempo sem outro som que não fosse o sibilar constante da neve e o ranger dos arreios das renas. Foi então que, por fim, a Bruxa disse:

— Que temos aqui? Pára!

Como Edmund desejava que ela fosse dizer qualquer coisa acerca do pequeno-almoço! Mas o que a levara a parar fora um motivo muito diferente. A pouca distância, junto ao tronco de uma árvore, encontrava-se um grupo alegre, um esquilo acompanhado pela mulher e pelos filhos, dois sátiros, um anão e um velho raposo, todos sentados em bancos à volta de uma mesa. Edmund não conseguia ver o que estavam a comer, mas cheirava muito bem; pareceu-lhe ver enfeites de azevinho e um pudim de Natal. No momento em que o trenó parou, o Raposo, que era manifestamente o mais velho dos presentes, acabava de se pôr de pé, com um copo na pata direita, como se fosse dizer qual-

quer coisa. No entanto, quando o grupo viu o trenó parar e quem seguia nele, a alegria desapareceu dos seus rostos. O pai esquilo parou de comer e ficou com o garfo a meio caminho da boca e um dos sátiros parou com o garfo já mesmo na boca, enquanto os esquilinhos guinchavam de terror.

— Que quer isto dizer? — perguntou a Rainha Branca. Ninguém respondeu.

— Falem, vermes! — repetiu. — Ou querem que o meu anão vos encontre a língua com o seu chicote? Que significa esta gulodice, este desperdício, este festim? Onde arranjaram todas essas coisas?

— Foram-nos oferecidas, Majestade — respondeu o Raposo. — Se me permite a ousadia de beber à saúde de Vossa Majestade...

— Quem as ofereceu? — insistiu a Bruxa.

— O P... P... P... Pai Natal — gaguejou o Raposo.

— O quê? — rugiu a Bruxa, saltando do trenó e dando uns passos em direcção aos animais aterrorizados. — Ele não esteve aqui! Não pode ter estado aqui! Como se atrevem... Mas não. Digam-me que é mentira e eu perdoo-vos.

Nesse momento, um dos jovens esquilos perdeu por completo a cabeça:

— Esteve... esteve... esteve! — guinchou, batendo com a colherzinha na mesa. Edmund viu a Bruxa morder os lábios com tal força que uma gota de sangue surgiu na sua face branca. Depois ergueu a mão.

— Oh, não, não, por favor, não faça isso — gritou Edmund.

Porém, ainda não tinha parado de gritar, já ela fizera um movi-

85

mento com a sua varinha e, no mesmo instante, o alegre grupo que ali havia estado não passava de um conjunto de estátuas (uma com o garfo de pedra para sempre imóvel a meio caminho da boca de pedra) sentadas à volta de uma mesa de pedra, sobre a qual se viam pratos de pedra e um pudim de Natal de pedra.

— Quanto a ti — disse a Bruxa, dando a Edmund uma bofetada que o deixou atordoado enquanto voltava a subir para o trenó —, isto é para aprenderes a não pedires o meu perdão para espiões e traidores. Vamos seguir!

Pela primeira vez nesta história, Edmund sentiu pena de alguém para além de si mesmo. Era tão triste pensar em todas aquelas figurinhas de pedra ali sentadas durante dias de silêncio e noites de escuridão, ano após ano, até ficarem cobertas de musgo e, por fim, até os seus rostos se desfazerem em pó...

Agora seguiam de novo a toda a velocidade. Pouco depois, Edmund reparou que a neve que os fustigava era muito menos seca do que na noite anterior. Ao mesmo tempo, deu-se conta de que tinha muito menos frio. Também estava a ficar nevoeiro. Na realidade, a cada minuto este ia-se tornando mais cerrado e o ar ia ficando mais quente. E o trenó não deslizava nem de longe tão bem como até aí. A princípio, Edmund pensou que isso se devesse ao facto de as renas estarem cansadas, mas em breve percebeu que não podia ser essa a verdadeira razão. Avançava aos solavancos, derrapava e saltava como se tivesse batido em pedras. E, embora o anão chicoteasse as pobres renas, seguia com uma lentidão cada vez maior. Também parecia haver um ruído estranho em redor, mas o barulho do chicote e dos solavancos, e os gritos do anão para as renas impediam Edmund de perceber de que se tratava, até que, de súbito, o trenó estacou e atolou-se de tal modo que não foi possível fazê-lo seguir.

Quando isso aconteceu, houve um momento de silêncio e então Edmund conseguiu ouvir o outro ruído. Era um murmúrio estranho, doce, cantante, quase como uma voz a sussurrar — embora não totalmente desconhecido, pois já o ouvira antes, só que não conseguia recordar-se onde! Depois, de súbito, lembrou-se. Era o barulho de água a correr. Em seu redor, a perder de vista, havia riachos cantantes, a murmurar, a borbulhar e até (à distância) a troar. O coração de Edmund deu um grande salto (embora ele mal soubesse porquê) quando se apercebeu de que o gelo desaparecera. Muito mais perto, todos os ramos de todas as árvores estavam a gotejar.

Depois, ao olhar para uma árvore, viu uma grande camada de neve a deslizar por ela e, pela primeira vez desde que entrara em Nárnia, avistou o tronco de um abeto. Porém, não teve tempo para escutar nem observar mais, pois a Bruxa disse:

— Não fiques aí pasmado, imbecil. Sai e vai ajudar!

É claro que Edmund teve de obedecer. Saltou para a neve — que agora estava quase derretida — e começou a ajudar o anão a desenterrar o trenó da cova lamacenta onde se enfiara. Acabaram por o conseguir e, à custa de grande crueldade com as renas, o anão pôde pô-lo de novo em movimento e avançaram um pouco mais. Agora a neve estava mesmo a derreter-se a valer e já começavam a aparecer trechos de erva verde por todo o lado. A menos que se tivesse olhado para um mundo coberto de neve durante tanto tempo como Edmund, é quase impossível imaginar o alívio que esses trechos verdes provocavam após toda aquela brancura interminável. Depois o trenó voltou a parar.

— É inútil, Majestade — afirmou o anão. — Não conseguimos deslizar com este degelo.

— Então temos de continuar a pé — disse a Bruxa.

— Nunca os conseguiremos ultrapassar a pé — resmungou o anão. — Sobretudo com o avanço que nos levam.

— És meu conselheiro ou meu escravo? — perguntou a Bruxa. — Faz o que te digo. Ata as mãos da criatura humana atrás das costas e segura na ponta da corda. Leva o chicote. E corta os arreios das renas; elas conseguem encontrar o caminho de casa.

O anão obedeceu e daí a alguns minutos Edmund via-se forçado a caminhar tão depressa quanto podia, com as mãos atadas atrás das costas. Não parava de escorregar na neve derretida, na lama e na erva molhada e, de cada vez que isso acontecia, o anão praguejava e por vezes dava-lhe com o chicote. A Bruxa caminhava atrás do anão, sem parar de dizer:

— Mais depressa! Mais depressa!

A cada momento, os trechos de verde iam-se tornando maiores e os de neve mais pequenos. A cada momento, era maior o número das árvores que se libertavam dos seus mantos de neve.

Em pouco tempo, para onde quer que se olhasse, em vez de formas brancas, avistava-se o verde-escuro dos abetos ou os ramos negros dos carvalhos, das faias e dos ulmeiros. Depois a neblina passou de branca a dourada e acabou por se dissipar por completo. Maravilhosos raios de sol banhavam o solo da floresta e lá no alto avistava-se um céu azul por entre as copas das árvores.

Depois, outras coisas maravilhosas aconteceram. Ao entrarem numa clareira de bétulas prateadas, Edmund viu de súbito o solo coberto de florzinhas amarelas — celidónias. O ruído da água era cada vez mais intenso. Por fim, atravessaram um riacho e, mais além, avistaram campânulas brancas.

— Segue o teu caminho! — exclamou o anão, dando um puxão maldoso à corda ao ver que Edmund se virara para as olhar.

Mas é claro que isso não impediu Edmund de ver. Decorridos apenas cinco minutos, reparou numa dúzia de lírios dourados, púrpura e brancos que cresciam junto à base do tronco de uma velha árvore. Depois ouviu um som ainda mais delicioso do que o da água. Muito perto da vereda por onde seguiam soou de súbito o trinado de uma ave no ramo de uma árvore. Respondeu-lhe o gorjeio de outra um pouco mais longe.

E logo, como se tivesse sido um sinal, ouviu-se chilrear por toda a parte, ao que se seguiu um momento de canto; dentro de cinco minutos, todo o bosque ressoava com a música das aves. Para onde quer que Edmund se voltasse, via passarinhos a pousarem nos ramos, a voarem lá no alto, a perse-

guirem-se, a terem pequenas brigas ou a limparem as penas com os bicos.

— Mais depressa! Mais depressa! — incitava a Bruxa.

Agora já não havia vestígios de nevoeiro. O céu estava cada vez mais azul e, de quando em quando, viam-se pequenas nuvens brancas a cruzá-lo. Nas vastas clareiras havia prímulas. Corria uma ligeira brisa que fazia desaparecer as gotas de humidade dos ramos e que transportava perfumes frescos, deliciosos, até aos rostos dos viajantes. As árvores começaram a ficar pujantes de vida. Os lariços e as bétulas cobriam-se de verde e os laburnos de ouro. Daí a pouco, as faias tinham folhas transparentes e delicadas. Quando os viajantes passavam por baixo delas, a luz também ficava verde. Uma abelha atravessou a zumbir o caminho que seguiam.

— Isto não é degelo nenhum — disse o anão, parando de súbito. — Isto é a *Primavera!* Que vamos fazer? O teu Inverno foi destruído, digo-te eu! Isto é obra de *Aslan.*

— Se algum de vocês torna a mencionar esse nome, morre no mesmo instante — ameaçou a Bruxa.

12

A PRIMEIRA BATALHA DE PETER

Enquanto o anão e a Bruxa Branca trocavam aquelas palavras, a quilómetros de distância, os Castores e as crianças prosseguiam a sua caminhada, hora após hora, no que se assemelhava a um sonho delicioso. Há muito que tinham deixado os casacos para trás. E nesse momento até tinham parado a comentar uns com os outros:

— Olhem! Um pica-peixe.

— Estão a ver as campainhas?

— Que cheiro maravilhoso é este?

— Oiçam-me só aquele tordo!

Continuaram a andar em silêncio, absorvendo tudo aquilo, passando através das manchas de luz do Sol quente e entrando em bosques frescos e verdejantes, de onde saíam de novo para vastas clareiras cobertas de musgo, onde ulmeiros altos erguiam as copas muito acima das suas cabeças; depois entravam de novo em maciços densos de groselheiras em flor e de espinheiros, cujo perfume doce era quase insuportável.

Tinham ficado tão surpreendidos como Edmund ao verem o Inverno desaparecer e todo o bosque passar em poucas horas de Janeiro para Maio. Nem sequer sabiam ao certo, como sabia a Bruxa, que era aquilo o que aconteceria quando *Aslan* chegasse a Nárnia. Mas todos sabiam que tinham sido os feitiços dela a produzir aquele Inverno interminável; e, por conseguinte, todos sabiam que o início daquela Primavera mágica era sinal de que qualquer coisa corria mal, mesmo muito mal, com os planos da Bruxa. Depois de o degelo prosseguir durante algum tempo, todos se deram conta de que ela não poderia continuar a usar o trenó. A partir daí não se apressaram tanto e permitiram-se descansar mais vezes e durante mais tempo. É claro que nessa altura já se sentiam muito cansados — mas não aquilo a que eu chamaria exaustos, só moles, sonhadores e tranquilos no seu íntimo, como acontece quando se chega ao fim de um longo dia passado ao ar livre. Susan tinha uma pequena bolha no calcanhar.

Tinham deixado de seguir o grande rio havia algum tempo, pois era preciso virar um pouco à direita (ou seja, um pouco para sul), a fim de se chegar ao sítio da Mesa de Pedra. Mesmo que não fosse esse o caminho que tinham de seguir, não poderiam ter prosseguido pelo vale do rio uma vez começado o degelo, pois, com toda a neve derretida, este não tardaria a transbordar, produzindo uma cheia amarela, maravilhosa e atroadora, e inundando o carreiro.

Agora o Sol estava baixo, a luz mais vermelha, as sombras mais longas e as flores começavam a pensar em fechar-se.

— Já não falta muito — animou-os o Sr. Castor, que começou a conduzi-los pela colina através de musgo espesso e primaveril (que lhes sabia muito bem pisar com os pés cansados), até um sítio onde só havia árvores altas, muito dispersas. A subida, ao fim de um dia cansativo, deixou-os ofegantes. E, no momento preciso em que Lucy começava a perguntar-se se conseguiria chegar lá acima sem descansar, de súbito estavam no topo. E eis o que viram.

Encontravam-se numa clareira verde, de onde se avistava a floresta, lá em baixo, a estender-se a perder de vista em todas as direcções — excepto em frente. Aí, muito para leste, havia qualquer coisa a cintilar e a mover-se.

— Macacos me mordam! — segredou Peter a Susan. — É o mar!

Mesmo a meio da clareira encontrava-se a Mesa de Pedra. Era uma grande laje de pedra cinzenta, desbotada, apoiada em quatro pedras colocadas na vertical. Parecia muito antiga e tinha desenhadas estranhas linhas e figuras que poderiam ser as letras de qualquer língua desconhecida. Quando se olhava para elas, produziam uma estranha sensação. A seguir viram uma grande tenda de um dos lados da clareira. Era uma tenda maravilhosa — sobretudo nesse momento, banhada pela luz do crepúsculo —, com paredes do que parecia ser seda amarela, cordões carmesim e estacas de marfim; lá no alto, içada num mastro, adejava uma bandeira com um leão vermelho erguido nas patas traseiras, batida pela brisa que lhes soprava nas faces como que vinda do

mar distante. Estavam eles a mirar tudo aquilo, quando ouviram o som de música à sua direita e, ao virarem-se nessa direcção, avistaram o que tinham vindo ver.

Aslan encontrava-se no centro de uma multidão de criaturas que se tinham agrupado em seu redor, formando uma meia-lua.

Havia Mulheres-das-Árvores e Mulheres-das-Nascentes (Dríades e Náiades, como é costume chamar-lhes no nosso mundo) que tocavam instrumentos de corda; era deles que vinha o som da música. Havia quatro grandes centauros. A parte animal deles era semelhante a um grande cavalo de lavoura e a humana como um gigante, austero mas belo. Também havia um unicórnio, um touro com uma cabeça de homem, um pelicano, uma águia e um grande Cão. E ao lado de *Aslan* encontravam-se dois leopardos, que lhe transportavam, um a coroa e o outro o estandarte.

Mas, quanto ao próprio *Aslan*, os Castores e as crianças não sabiam o que fazer ou o que dizer quando o viram. As pessoas que nunca estiveram em Nárnia pensam por vezes que uma coisa não pode ser boa e terrível ao mesmo tempo. Se os garotos alguma vez tinham pensado desse modo, ficaram curados naquele momento. Porque, quando tentaram fitar o rosto de *Aslan*, só tiveram um vislumbre da juba dourada e dos olhos grandes, soberanos, solenes e dominadores; então descobriram que não conseguiam fitá-lo e ficaram muito trémulos.

— Avancem — murmurou o Sr. Castor.

— Não — segredou Peter. — Vá primeiro.

— Não, os Filhos de Adão à frente dos animais — murmurou de novo o Sr. Castor.

— E se fosses tu, Susan? — sugeriu Peter baixinho. — As senhoras primeiro.

— Não, tu és o mais velho — respondeu Susan num murmúrio.

É claro que, quanto mais tempo passavam naquilo, mais intimidados se sentiam. Por fim, Peter tomou consciência de que era a ele que competia abrir a marcha. Desembainhou a espada, ergueu-a numa saudação e, dizendo apressadamente para os outros «Vá lá. Animem-se», avançou para o Leão e disse:

— Aqui estamos... *Aslan*.

— Bem-vindo, Peter, Filho de Adão — retorquiu *Aslan*.

— Bem-vindas, Susan e Lucy, Filhas de Eva. Bem-vindos, Castores.

A sua voz profunda e bem timbrada sossegou-os. Agora sentiam-se alegres e calmos e já não se achavam desajeitados por estarem ali de pé sem dizer nada.

— Mas onde está o quarto? — perguntou *Aslan*.

93

— Tentou traí-los e juntou-se à Bruxa Branca, Ó *Aslan* — explicou o Sr. Castor.

E então, qualquer coisa levou Peter a dizer:

— Em parte foi por minha culpa, *Aslan*. Zanguei-me com ele e acho que isso contribuiu para o levar a proceder mal.

Aslan não disse nada, nem para desculpar Peter, nem para o acusar, mas limitou-se a olhar para ele com os seus grandes olhos. E todos tiveram a sensação de que nada havia a dizer.

— Por favor, *Aslan*, não se poderia fazer algo para salvar o Edmund? — suplicou Lucy.

— Tudo será feito — foi a resposta. — Porém, pode ser mais difícil do que pensam.

Depois, durante algum tempo, reinou de novo o silêncio. Até esse momento, Lucy estivera a pensar como o rosto de *Aslan* tinha um ar majestoso, forte e pacífico, mas de súbito ocorreu--lhe que ele também parecia triste. No minuto seguinte, porém, essa expressão havia desaparecido. O Leão sacudiu a juba, bateu as patas («patas terríveis», pensou Lucy, «se ele não soubesse como torná-las de veludo») e disse:

— Entretanto, vamos preparar a festa. Minhas senhoras, levem estas Filhas de Eva para a tenda e tratem delas.

Quando as raparigas desapareceram, *Aslan* pousou a pata — que, embora macia como veludo, era muito pesada — no ombro de Peter e disse:

— Vem, Filho de Adão, para que eu te mostre o castelo distante onde irás ser Rei.

E Peter, ainda empunhando a espada desembainhada, dirigiu--se com o Leão para o extremo da colina que deitava para leste. Aí deparou-se-lhe um panorama magnífico. O Sol estava a pôr--se atrás de si. Isso significava que toda a paisagem a seus pés se encontrava banhada pela luz do entardecer — florestas, colinas, vales e, a serpentear como uma fita de prata, o grande rio a aproximar-se da foz. Mais para além, a quilómetros de distância, ficava o mar e, para além do mar, o céu, cheio de nuvens, que estavam a ficar rosadas com os reflexos do crepúsculo. Mas no ponto preciso onde Nárnia encontrava o mar — ou seja, na foz do grande rio — havia qualquer coisa que cintilava no alto de uma colina. Cintilava porque era um castelo e é claro que a luz do Sol se reflectia em todas as janelas viradas para Peter e para ocidente; porém, aos olhos do rapazinho, assemelhava-se a uma grande estrela à beira-mar.

— Aquele, Ó Homem, é Cair Faravel dos quatro tronos — explicou *Aslan* —, um dos quais irás ocupar como Rei. Mostro-to porque és o primogénito e serás o Rei Supremo, que reinará sobre todos os outros.

Mais uma vez, Peter nada disse, pois nesse momento um estranho ruído quebrou de súbito o silêncio. Era como uma corneta, mas mais profundo.

— É a trompa da tua irmã — explicou *Aslan* numa voz tão baixa que quase se assemelhava a um ronronar, se não é falta de respeito falar de um Leão a ronronar.

Durante um instante, Peter não entendeu. Depois percebeu, ao ver todos os outros seres avançarem e ao ouvir *Aslan* dizer com um aceno da pata:

— Para trás! Deixem que o Príncipe se distinga.

Desatou a correr em direcção à tenda e, aí chegado, viu uma cena terrível.

As Náiades e as Dríades fugiam em todas as direcções. Lucy corria direita a ele, tão depressa quanto as suas pernas pequeninas lho permitiam, com o rosto branco como a cal. Depois viu Susan precipitar-se para uma árvore e saltar para um ramo, seguida por um enorme animal cinzento. A princípio Peter pensou que se tratava de um urso, mas depois viu que se assemelhava mais a um lobo-d'alsácia, embora fosse demasiado grande para ser um cão. Foi então que compreendeu que se tratava de um lobo — um lobo de pé nas patas traseiras, com as patas da frente apoiadas no tronco da árvore, a rosnar de dentes arreganhados e com o pêlo do dorso todo eriçado. Susan não conseguira ir mais acima que o segundo ramo e tinha uma das pernas penduradas, de modo que um pé se encontrava apenas a poucos centímetros dos dentes arreganhados. Peter perguntou-se porque não subiria ela mais, ou, pelo menos, porque não se agarraria melhor, mas logo percebeu que a irmã estava prestes a desmaiar e que, se desmaiasse, caía.

Peter não era muito corajoso e, na verdade, estava a sentir-se agoniado. Mas isso não interferiu no que ele tinha de fazer. Correu direito ao monstro e tentou atingir-lhe o flanco com a espada. Mas o lobo esquivou-se. Célere como um relâmpago, virou-se, com os olhos a dardejar e a boca aberta num uivo irado. Se não estivesse encolerizado a tal ponto que não pôde deixar de uivar, tê-lo-ia filado pela garganta. Mas, assim — embora tudo aquilo acontecesse depressa de mais para Peter poder pensar —, este só teve tempo de avançar e de lhe enterrar a espada, com tanta força quanto pôde, entre as patas dianteiras, direita ao coração. Seguiu-se um momento de terrível confusão, semelhante a um pesadelo. Peter tentava desenterrar a espada e o lobo não parecia nem vivo, nem morto, os seus dentes arreganhados bateram na testa do rapaz, e só havia sangue, calor e pêlos por todo o lado. Um momento mais tarde percebeu que o monstro estava morto; puxou a espada, endireitou-se e enxugou o suor do rosto e dos olhos. Sentia-se extenuado.

Daí a pouco, Susan desceu da árvore. Quando se encontraram, estavam muito trémulos e não vou dizer que não houve beijos e lágrimas de ambas as partes. Mas em Nárnia isso não parece mal a ninguém.

— Depressa! Depressa! — gritou a voz de *Aslan*. — Centauros! Águias! Estou a ver outro lobo nos arbustos. Ali, atrás de vocês. Acabou de fugir. Corram todos atrás dele. Deve ir ter com a dona. Agora é a vossa grande oportunidade de descobrirem a Bruxa e salvarem o quarto Filho de Adão.

No mesmo instante ouviu-se um ruído atroador de cascos e de asas a bater e cerca de uma dezena das criaturas mais velozes desapareceu na escuridão da noite que se aproximava.

Peter, ainda sem fôlego, virou-se e viu perto de si *Aslan*, que lhe disse:

— Esqueceste-te de limpar a espada.

Era verdade. Peter corou ao olhar para a lâmina resplandecente e ao vê-la toda manchada com os pêlos e o sangue do lobo. Curvou-se e limpou-a muito bem na erva, enxugando-a em seguida à camisa.

— Entrega-me a espada e ajoelha-te, Filho de Adão — ordenou *Aslan*. Depois de Peter obedecer, tocou-lhe no ombro com o lado da lâmina e disse: — Ergue-te, Sir Peter Terror dos Lobos. E, aconteça o que acontecer, nunca te esqueças de limpar a tua espada.

13

MAGIA PROFUNDA DA AURORA DOS TEMPOS

Agora temos de voltar a Edmund. Depois de o obrigar a andar mais do que ele pensava ser possível alguém andar, a Bruxa parou por fim num vale escuro, à sombra de abetos e ciprestes. Edmund limitou-se a deixar-se cair, deitado de borco, sem fazer nada e nem sequer preocupado com o que iria acontecer a seguir, desde que o deixassem ficar sossegado. Estava demasiado exausto para se dar conta da fome e da sede que tinha. A Bruxa e o anão estavam a falar em voz baixa ao seu lado.

— Não, agora é inútil, Ó Rainha. Já devem ter chegado à Mesa de Pedra — disse o anão.

— Talvez o Lobo nos descubra pelo faro e nos traga notícias.

— Se assim acontecer, não poderão ser boas.

— Quatro tronos em Cair Paravel — disse a Bruxa. — E se só forem ocupados três? Assim a profecia não se realiza.

— Que diferença faz, agora que *Ele* está aqui? — perguntou o anão, sem ousar, nem sequer nesse momento, referir o nome de *Aslan* à sua ama.

— Talvez não fique muito tempo. E depois... Caímos em cima dos três em Cair.

— Mesmo assim talvez fosse melhor guardarmos este para moeda de troca — sugeriu o anão, dando um pontapé em Edmund.

— Pois! E virem libertá-lo — contrapôs a Bruxa com desdém.

— Então era melhor fazermos imediatamente o que temos de fazer.

— Gostaria de o fazer em cima da Mesa de Pedra — afirmou a Bruxa. — É o lugar indicado. É lá que se tem feito sempre.

— Vai levar muito tempo até a Mesa de Pedra tornar a ser utilizada para o que deve ser — disse o anão.

— É verdade. Bem, vou começar — concluiu a Bruxa.

Nesse momento, um Lobo correu direito a eles a rosnar.

— Vi-os. Estão todos na Mesa de Pedra, com ele. Mataram o meu capitão, Maugrim. Eu estava escondido nos arbustos e assisti a tudo. Um dos Filhos de Adão matou-o. Fujam! Fujam!

— Não — disse a Bruxa. — Não é preciso fugirmos. Vai chamar todos depressa. Diz-lhes que venham ter comigo aqui logo que possam. Chama os gigantes, os lobisomens e os espíritos das árvores que estiverem do nosso lado. Chama os Vampiros, as Almas Penadas, os Ogres e os Minotauros. Chama as Bruxas Velhas, os Espectros e o Povo dos Cogumelos Venenosos. Vamos combater. Então? Não tenho eu ainda a minha varinha mágica? Não irei transformá-los em pedra à medida que chegarem? Vai depressa, que eu tenho uma coisa a acabar aqui enquanto os chamas.

O enorme animal curvou a cabeça num gesto de submissão, deu meia volta e partiu a galope.

— Agora, vejamos! Não temos a mesa... — disse ela.

— Deixa-me pensar. É melhor pô-lo contra o tronco de uma árvore.

Edmund sentiu que o levantavam à força. Depois o anão encostou-lhe as costas a uma árvore e atou-o muito bem. Viu a Bruxa tirar o manto. Por baixo, tinha os braços nus e terrivelmente brancos. Era por serem tão brancos que ele os conseguia ver, mas não divisava muito mais, tão escuro estava já no vale, sob as árvores sombrias.

— Preparem a vítima — ordenou a Bruxa.

O anão desabotoou o colarinho de Edmund e abriu-lhe a camisa no pescoço. A seguir pegou-lhe no cabelo e puxou-lhe a cabeça para trás, de modo que ele teve de erguer o queixo. Depois disso, Edmund ouviu um ruído estranho — uizz... uizz... uizz. Durante um instante não percebeu de que se tratava, mas depois compreendeu. Era o som de uma faca a ser afiada.

Nesse preciso momento, ouviu grandes ruídos vindos de

todas as direcções — um bater de cascos e um adejar de asas —, um grito da Bruxa e uma grande confusão à sua volta. Seguidamente deu-se conta de que o estavam a desatar. Rodeavam-no braços fortes e ouviu vozes gentis dizerem coisas como:

— Deitem-no.

— Dêem-lhe vinho.

— Bebe isto.

— Agora fica quieto.

— Daqui a um minuto já estás bem.

Depois ouviu então as vozes de pessoas que não estavam a falar com ele, mas umas com as outras, e que diziam coisas como:

— Onde se meteu a Bruxa?

— Pensei que a tinhas agarrado.

— Não a vi mais depois de lhe ter tirado a faca da mão... Fui atrás do anão. Não me digas que ela se escapou?

— Uma pessoa não pode fazer tudo ao mesmo tempo... Que é isto? Ah, desculpa. É só um cepo velho!

Nessa altura, Edmund perdeu os sentidos.

Por fim, os centauros, os unicórnios, os veados e as aves (que eram o grupo de salvadores que *Aslan* enviara no último capítulo) partiram de regresso à Mesa de Pedra, levando consigo Edmund. Porém, se eles tivessem podido ver o que aconteceu nesse vale depois de se terem ido embora, julgo que ficariam surpreendidos.

Reinava um silêncio total e a Lua nasceu enfim, brilhante; se vocês lá tivessem estado, teriam visto o luar a incidir num velho cepo de árvore e num pedregulho de tamanho razoável. Mas, se continuassem a olhar, aos poucos teriam começado a pensar que havia qualquer coisa de estranho, tanto no tronco, como no pedregulho. E a seguir teriam pensado que o tronco se parecia extraordinariamente com um homenzinho gordo acocorado no chão. E, se o tivessem observado durante o tempo suficiente, tê-lo-iam visto aproximar-se do pedregulho e este sentar-se e começar a falar com ele; pois, na realidade, o tronco e o pedregulho eram a Bruxa e o anão, pois ela possuía artes mágicas capazes de fazer as coisas parecerem o que não são e teve a presença de espírito necessária para o fazer no exacto momento em que lhe tiraram a faca da mão. Mas não tinha largado a sua varinha mágica, que ainda estava intacta.

Quando os outros garotos acordaram na manhã seguinte (tinham dormido sobre pilhas de almofadas na tenda), a primeira coisa que ouviram foi a Senhora Castor a dizer que tinham salvo o irmão deles, que o haviam trazido para ali durante a noite e que nesse momento estava com *Aslan*. Mal tomaram o pequeno--almoço, saíram todos e viram *Aslan* e Edmund a caminharem juntos sobre a erva molhada de orvalho, afastados do resto da corte. Não há necessidade de vos contar (e nem sequer ninguém ouviu) o que *Aslan* estava a dizer, mas foi uma conversa que Edmund nunca mais esqueceu. Quando os outros se aproximaram, *Aslan* foi ao seu encontro, levando Edmund consigo.

— Aqui está o vosso irmão — disse — e não há necessidade de falarem com ele do que se passou.

Edmund deu um aperto de mão a cada um dos outros e pediu desculpa a um de cada vez.

— Não tem importância — foi a resposta dos irmãos.

Depois sentiram todos vontade de dizer qualquer coisa que tornasse bem claro que tinham feito as pazes com ele — qualquer coisa vulgar e natural —, e claro que ninguém se conseguia lembrar de nada para dizer. Mas, antes de terem tempo de se sentir realmente pouco à vontade, um dos leopardos aproximou--se de *Aslan* e anunciou:

— Majestade, há um mensageiro do inimigo que pede audiência.

— Diz-lhe que se aproxime — foi a resposta de *Aslan*.

O leopardo partiu e daí a pouco regressou com o anão da Bruxa.

— Que mensagem me trazes, Filho da Terra? — perguntou *Aslan*.

— A Rainha de Nárnia e Imperatriz das Ilhas Solitárias deseja um salvo-conduto para vir até aqui falar contigo sobre um assunto que é tanto do teu interesse como do dela — respondeu o anão.

— Rainha de Nárnia, está-se mesmo a ver! — redarguiu o Sr. Castor. — Que descaramento!

— Calma, Castor — disse *Aslan*. — Dentro em breve todos os nomes serão restituídos aos seus verdadeiros donos. Entretanto, não vamos discutir sobre eles. Filho da Terra, diz à tua ama que lhe concedo o salvo-conduto com a condição de ela deixar a sua varinha naquele velho carvalho.

Chegaram a acordo e os dois leopardos regressaram com o anão para ver se as condições eram respeitadas.

— E se ela transforma os dois leopardos em pedra? — perguntou Lucy a Peter.

Julgo que a mesma ideia ocorreu aos leopardos, pois, ao afastarem-se, iam com o pêlo do dorso em pé e as caudas eriçadas — como um gato quando vê um cão desconhecido.

— Não há problema — segredou Peter. — Se fosse assim, ele não os mandava.

Uns minutos mais tarde, a Bruxa em pessoa apareceu no cimo da colina, que atravessou até ficar perante *Aslan*. As três crianças que ainda não a conheciam sentiram arrepios a percorrer-lhes a espinha ao verem aquele rosto e todos os animais presentes começaram a emitir ruídos roucos. Embora o Sol brilhasse, de súbito todos sentiram frio. Os únicos presentes que pareciam perfeitamente à vontade eram *Aslan* e a Bruxa. Era estranhíssimo ver aqueles dois rostos — um dourado, o outro branco de morte — tão próximos. Não que a Bruxa olhasse *Aslan* exactamente nos olhos, como a Senhora Castor notou.

— Tens aí um traidor, *Aslan* — disse a Bruxa.

Claro está que todos os presentes perceberam que se referia a Edmund. Mas este, depois de tudo o que passara e da conversa dessa manhã, já não se limitava a pensar apenas em si próprio. Continuava a olhar para *Aslan*, sem parecer preocupar-se com o que a Bruxa dizia.

— Bem. Não foi a ti que ele ofendeu — foi a resposta de *Aslan*.

— Já te esqueceste da Magia Profunda? — perguntou a feiticeira.

— Digamos que me esqueci — respondeu *Aslan* com gravidade. — Fala-nos dela.

— Falar-vos? — exclamou a Bruxa, numa voz de súbito mais aguda. — Falar-vos do que está escrito nessa Mesa de Pedra que se encontra mesmo à nossa frente? Falar-vos do que está escrito em letras tão altas como uma lança nas lajes de arenito da Colina Secreta? Falar-vos do que está gravado no ceptro do Imperador--de-Além-Mar? Pelo menos tu conhecias a Magia que o Imperador espalhou em Nárnia no início. Sabes que cada traidor me pertence e que, por cada traição, tenho o direito de matar.

— Ah! Então foi assim que passaste a imaginar-te rainha! — exclamou o Sr. Castor. — Por seres o carrasco do Imperador. Já estou a perceber.

— Calma, Castor — disse *Aslan*, com um rugido muito baixo.

— Portanto, essa criatura humana é minha — concluiu a Bruxa. — Tenho direito a fazer o que quiser da sua vida. O seu sangue pertence-me.

— Então vem cá buscá-lo — disse o Touro com cabeça de homem, com um mugido sonoro.

— Louco — ripostou a Bruxa com um sorriso feroz, que era quase um rosnido. — Estás mesmo convencido de que o teu amo pode roubar-me os meus direitos por meio da força? Ele conhece muito bem a Magia Profunda. Sabe que a lei diz que, se eu não tiver sangue, Nárnia inteira será destruída pelo fogo e pela água.

— É verdade — anuiu *Aslan*. — Não nego.

— Oh, *Aslan*! — segredou Susan ao ouvido do Leão. — Não poderemos... Ó *Aslan*, não poderás...? Não é possível fazer qualquer coisa à Magia Profunda? Não tens nada contra ela?

— Contra a Magia do Imperador? — perguntou *Aslan*, virando-se para ela com um ar tão carrancudo que ninguém se atreveu a voltar a fazer-lhe semelhante sugestão.

Edmund encontrava-se do outro lado de *Aslan*, sem o desfitar. Sentia-se sufocado e perguntava-se se não deveria dizer qualquer coisa; porém, um momento mais tarde percebeu que só lhe restava esperar e fazer o que lhe mandassem.

— Afastem-se — ordenou *Aslan* —, para eu falar com a Bruxa a sós.

Todos obedeceram. Foi um momento horrível, todos à espera, intrigados, enquanto o Leão e a Bruxa falavam muito sérios, em voz baixa.

— Oh, Edmund! — exclamou Lucy. E desatou a chorar.

Peter mantinha-se de costas para os outros a fitar o mar distante. Os Castores seguravam a patinha um do outro, com as cabeças curvadas. Os centauros, pouco à vontade, escavavam o chão com os cascos. Por fim, todos se imobilizaram, de modo que se ouviam sons ténues como o de um moscardo que pas-

sou a voar, das aves na floresta mais abaixo, ou do vento a murmurar nas folhas. E a conversa entre *Aslan* e a Bruxa Branca continuava.

Por fim ouviram a voz de *Aslan*:

— Podem regressar todos. Já resolvi o assunto. Ela desistiu de reclamar o sangue do vosso irmão.

Toda a colina foi percorrida por um ruído, como se todos tivessem estado de respiração suspensa e agora tivessem recomeçado a respirar, e logo soou um murmúrio de conversas.

A Bruxa já se preparava para partir, com uma expressão de alegria feroz estampada no rosto, quando se deteve e perguntou:

— Mas como sei que a promessa será cumprida?

— Haa-a-arrh ! — rugiu *Aslan*, soerguendo-se do trono; e a sua boca abriu-se cada vez mais, o rugido tornou-se cada vez mais forte, e a Bruxa, depois de o fitar um momento de boca aberta, arregaçou as saias e desatou a fugir.

14

O TRIUNFO DA BRUXA

Mal a Bruxa se foi embora, *Aslan* declarou:
— Temos de partir imediatamente deste lugar, pois ele
vai ser necessário para outros fins. Esta noite acamparemos nos
Vaus de Beruna.

É claro que todos estavam mortos por lhe perguntar como
tinha resolvido o assunto com a Bruxa; mas ninguém se atreveu,
pois a expressão do seu rosto era severa e o som do seu rugido
ainda ecoava nos ouvidos de todos.

Depois de uma refeição, que teve lugar ao ar livre no cimo da
colina (pois agora o sol estava forte e a erva tinha secado), passaram
algum tempo a desmontar a tenda e a arrumar as coisas para a partida. Ainda não eram duas horas e já todos marchavam em direcção a nordeste, caminhando sem pressas, visto não irem para longe.

Durante a primeira parte da viagem, *Aslan* explicou a Peter
o seu plano de campanha:
— Mal tenha acabado o que tem a fazer nestas paragens, é
quase certo que a Bruxa e a sua gente regressarão a casa para preparar um cerco. Talvez vocês consigam cortar-lhe o caminho e
impedi-la de lá chegar.

Passou então a delinear dois planos de batalha, um para combater a Bruxa e os seus sequazes no bosque e outro para atacar o
castelo. E não parava de dar conselhos a Peter acerca do modo de
conduzir as operações, dizendo coisas como «Deves pôr os teus
centauros neste ou naquele lugar» ou «Deves pôr sentinelas para ela
não fazer isto ou aquilo». Até que, por fim, Peter lhe perguntou:
— Mas tu, *Aslan*, vais lá estar, não vais?
— Não posso prometer — respondeu o Leão, que continuou
a dar instruções a Peter.

Durante a última parte da viagem foram sobretudo Susan e
Lucy a fazer-lhe companhia. *Aslan* pouco falou e pareceu-lhes
que estava triste.

Foi ainda de tarde que chegaram a um sítio onde o vale se abria e o rio se alargava e tornava menos profundo. Eram os Vaus de Beruna e *Aslan* deu ordem para pararem do lado do rio onde se encontravam. Porém, Peter sugeriu:

— Não seria melhor acamparmos do outro lado? Não vá ela tentar um ataque nocturno ou coisa assim.

Aslan, que parecia absorto noutra coisa qualquer, despertou e sacudiu a juba:

— O quê? Que disseste?

Peter repetiu a sugestão.

— Não — discordou *Aslan* em voz indiferente, como se aquilo não importasse. — Não. Esta noite ela não vai atacar. — Depois soltou um profundo suspiro e acrescentou: — Mesmo assim, foi bem pensado. É assim que um soldado deve pensar. Mas não importa.

E começaram a montar o acampamento.

Nessa noite, o estado de espírito de *Aslan* afectou toda a gente. Peter sentia-se contrariado com a ideia de ter de travar a batalha sozinho; a notícia de que *Aslan* talvez não estivesse presente tinha sido um grande choque para ele. O jantar decorreu em silêncio. Todos sentiam que a noite anterior, ou mesmo a manhã desse dia, tinham sido diferentes. Era como se os bons tempos, que tinham começado havia pouco, já se estivessem a aproximar do fim.

Em Susan, essa sensação era tão intensa que não conseguiu adormecer quando se foi deitar. E, depois de ter contado carneiros e de se ter virado de um lado para o outro na cama, ouviu Lucy soltar um enorme suspiro e virar-se ao seu lado no escuro.

— Também não consegues dormir? — perguntou Susan.

— Não. Pensei que tu estavas a dormir. Ouve lá, Susan!

— Que é?

— Estou com uma sensação horrível, como se qualquer coisa nos ameaçasse.

— Estás? Pois olha que eu também.

— É qualquer coisa que tem a ver com o *Aslan* — explicou Lucy. — Ele vai fazer, ou vai acontecer-lhe, qualquer coisa tremenda.

— Ele tinha um problema qualquer esta tarde. Que disse acerca de não estar connosco na batalha, Lucy? Achas que poderá escapar-se e deixar-nos esta noite?

— Onde está ele agora? Estará na tenda?

— Acho que não.

— Vamos lá fora espreitar, Susan. Talvez o vejamos.

— Muito bem. Vamos. Em vez de estarmos para aqui acordadas, podemos fazer isso.

Sem o menor ruído, as duas garotas abriram caminho por entre os outros, que dormiam, e esgueiraram-se para fora da tenda. Havia luar e tudo estava mergulhado em silêncio; só se ouvia o ruído do rio a sussurrar sobre as pedras. Depois, de súbito, Susan agarrou no braço de Lucy e exclamou:

— Olha!

No outro extremo do acampamento, onde começavam as árvores, viram o Leão a afastar-se lentamente, embrenhando-se no bosque. Sem uma palavra, seguiram-no.

Ele subiu a encosta íngreme, afastando-se do rio, e depois virou ligeiramente para a direita — pelo mesmo caminho que tinham seguido nessa tarde ao virem da colina da Mesa de Pedra. Continuaram durante muito tempo, entrando em zonas de penumbra e saindo para a claridade pálida do luar, até ficarem com os pés molhados do orvalho. O Leão parecia diferente do *Aslan* que conheciam. Tinha a cabeça e a cauda pendentes e caminhava devagar, como se estivesse muito cansado. Então, quando iam a atravessar uma vasta clareira onde não havia sombras para se esconderem, parou e olhou em seu redor. De nada valia tentarem fugir, pelo que se aproximaram dele. Quando se encontravam mais perto, *Aslan* perguntou:

— Ah, crianças, crianças! Porque me seguem?

— Não conseguíamos dormir — respondeu Lucy, com a certeza de que não era preciso dizer mais nada e que *Aslan* sabia tudo o que tinham estado a pensar.

— Por favor, podemos ir contigo, para onde quer que vás? — perguntou Susan.

— Bem... — respondeu *Aslan*, parecendo reflectir no assunto. Depois prosseguiu: — Agradava-me ter companhia esta noite. Sim, podem vir, se prometerem parar quando eu vos disser e depois deixar-me continuar sozinho.

— Oh, obrigada, obrigada. Faremos o que nos dizes — responderam as duas raparigas.

Retomaram a caminhada e cada uma das garotas seguia de um dos lados do Leão. Mas como este caminhava devagar! A sua grande cabeça real ia tão curvada que quase tocava o chão. Por fim parou e soltou um ligeiro gemido.

— *Aslan*! Querido *Aslan*! Que se passa? — perguntou Lucy. — Não nos podes dizer?

— Estás doente, querido *Aslan*? — perguntou Susan.

— Não — respondeu o Leão. — Estou triste e só. Ponham as mãos na minha juba, para eu poder sentir que estão aqui e vamos continuar assim.

E assim, as raparigas fizeram o que nunca se teriam atrevido a fazer sem a sua autorização, mas que há muito desejavam fazer, a dizer a verdade, desde que o tinham conhecido: enterraram as mãos frias naquele belo mar de pêlo e puseram-se a acariciá-lo. Por fim, perceberam que subiam a encosta da colina onde se encontrava a Mesa de Pedra. Seguiam pelo lado em que as árvores eram mais altas e, quando chegaram à última árvore (era uma que tinha arbustos à volta), *Aslan* parou e disse:

— Ah, crianças, crianças! Aqui têm de parar. Aconteça o que acontecer, não deixem que vos vejam. Adeus.

As duas meninas choraram amargamente (embora sem saberem porquê), abraçaram o Leão e beijaram-lhe a juba, o nariz, as patas e os olhos grandes e tristes. Seguidamente ele virou-se e afastou-se em direcção ao cimo da colina. E Lucy e Susan, que o seguiam com os olhos, acocoradas nos arbustos, viram o seguinte:

Uma grande multidão estava de pé à volta da Mesa de Pedra e, embora ainda houvesse luar, muitos tinham archotes, que ardiam com chamas vermelhas e libertando fumo negro. Mas que criaturas tremendas! Eram ogres de dentes monstruosos, lobos e homens com cabeça de touro; espíritos de árvores maléficas e plantas venenosas; e outras criaturas que não vou descrever, pois, se o fizesse, as pessoas crescidas provavelmente não vos deixariam ler este livro — bruxas, feiticeiros, duendes, monstros, espectros e fantasmas. Na realidade, estavam ali todos os que se encontravam do lado da Bruxa Branca e que o Lobo convocara obedecendo às suas ordens. E mesmo ao meio, junto à Mesa de Pedra, encontrava-se a Bruxa em pessoa.

Ao verem o Leão aproximar-se, todas aquelas criaturas soltaram um gemido e um grito de consternação e, durante um momento, até a Bruxa pareceu ficar amedrontada. Mas logo se recompôs e soltou uma gargalhada selvagem.

— Louco! — gritou. — O louco veio. Amarrem-no bem.

Lucy e Susan sustiveram a respiração à espera do rugido de *Aslan* e de o ver saltar sobre os seus inimigos. Mas tal não aconteceu. Quatro bruxas, com risos escarninhos e olhares zombeteiros, embora a princípio recuassem com receio do que tinham a fazer, haviam-se aproximado dele.

— Atem-no, já disse! — repetiu a Bruxa Branca.

As bruxas precipitaram-se de um salto e soltaram guinchos de triunfo quando descobriram que *Aslan* não oferecia resistência. Depois outros — maldosos anões e macacos — correram a ajudá-las, fizeram o grande Leão rolar até ficar deitado de costas e amarraram-lhe as quatro patas, aos gritos e aos vivas como se tivessem feito qualquer coisa de muito corajoso; no entanto, se o Leão assim tivesse decidido, uma única das suas garras ter-lhes-ia provocado a morte. Porém, *Aslan* manteve-se em silêncio, mesmo quando os seus inimigos esticaram e puxaram a corda com tanta força que lhe cortavam a carne. Depois começaram a arrastá-lo para a Mesa de Pedra.

— Parem! — ordenou a Bruxa. — Primeiro há que tosquiá-lo.

Os súbditos soltaram outro coro de gargalhadas pérfidas quando um ogre com uma tesoura avançou e se acocorou junto da cabeça de *Aslan*. Snip-snip-snip, fazia a tesoura, enquanto montes de ouro encaracolado começavam a cair. Depois o ogre recuou e as garotas, a espreitarem do esconderijo, viram o rosto de *Aslan*, que parecia muito mais pequeno e diferente sem a juba. Os inimigos também deram pela diferença.

— Afinal é só um gato grande! — gritou um.

— Era *disto* que estávamos com medo? — perguntou outro.

E amontoaram-se em torno de *Aslan*, a zombar dele e a dizer coisas como «Bch, bch, bch! Pobre bichano», «Quantos ratos caçaste hoje, gatinho?» e «Queres um pires de leite, bichaneco?».

— Oh, como é possível fazerem isto? Que monstros, que grandes monstros! — exclamou Lucy, com as lágrimas a correrem-lhe pelo rosto, pois agora, depois do primeiro choque, o rosto tosquiado de *Aslan* parecia-lhe ainda mais corajoso, mais belo e mais paciente do que nunca.

— Açaimem-no! — ordenou a Bruxa.

E também nessa altura, enquanto lhe punham o açaimo na boca, se *Aslan* tivesse decidido morder, uma só dentada teria arrancado duas ou três mãos. Mas o Leão nem se moveu, o que pareceu enraivecer a multidão. Agora, todos se encarniçavam sobre ele. Os que a princípio tinham receado aproximar-se, depois de o verem atado, tinham ganho coragem. Durante uns minutos, as duas pequenas nem sequer o conseguiram ver, tal era a multidão que o rodeava, a dar-lhe pontapés, a bater-lhe, a cuspir-lhe e a zombar dele.

Por fim cansaram-se daquilo. Começaram a arrastar o Leão amarrado e açaimado para a Mesa de Pedra, uns a puxarem, outros a empurrarem. *Aslan* era tão grande que, ao chegarem lá, foram precisos os esforços de todos para o içarem. Depois apertaram e ataram melhor as cordas.

— Cobardes! Cobardes! — soluçava Susan. — Ainda estararão com medo dele, mesmo agora?

Uma vez *Aslan* atado (e tão bem atado que mais parecia um amontoado de cordas), em cima da pedra lisa, fez-se silêncio entre a multidão. Quatro bruxas, empunhando quatro archotes, encontravam-se aos cantos da mesa. A Bruxa despiu o manto, como havia feito na noite anterior quando fora Edmund a estar no lugar de *Aslan*. Depois começou a afiar a faca. Quando a luz do archote incidiu nesta, as raparigas tiveram a impressão de que era feita de pedra, e não de aço, e que a sua forma era estranha e maléfica.

Por fim, a Bruxa aproximou-se, até ficar junto da cabeça de *Aslan*. Tinha o rosto contorcido de espasmos de raiva, mas o dele fitava o céu, em silêncio, nem irritado nem receoso, apenas um pouco triste. Depois, imediatamente antes de desferir o golpe, inclinou-se e disse numa voz palpitante:

— E agora, quem ganhou? Louco, pensaste que com tudo isto irias salvar o traidor humano? Agora vou matar-te no lugar dele, como ficou decidido no nosso pacto, e a Magia Profunda será aplacada. Mas, quando estiveres morto, o que me impedirá de o matar também a ele? E nessa altura quem o tirará das minhas mãos? Vê se percebes que me deste Nárnia para sempre, que perdeste a vida e não salvaste a dele. E, com a consciência disso, desespera e morre.

As crianças não viram o momento exacto em que a morte ocorreu. Não conseguindo suportar tal visão, taparam os olhos.

15

MAGIA MAIS PROFUNDA ANTERIOR À AURORA DOS TEMPOS

As duas raparigas ainda estavam acocoradas atrás dos arbustos, com as mãos a tapar o rosto, quando ouviram a voz da Bruxa gritar:

— Agora sigam-me todos para terminar o que resta desta guerra! Não vamos levar muito tempo a esmagar os vermes humanos e os traidores, agora que o grande Louco, o grande Gato, está morto.

Durante uns segundos, as duas crianças correram um enorme perigo, pois, com gritos selvagens, guinchos de gaitas-de-foles e sopros agudos de trompas, toda aquela vil ralé se precipitou pela colina abaixo, passando mesmo junto do seu esconderijo. Sentiram os espectros quase a roçá-las como um vento frio e o solo estremecer com o galope dos minotauros; por cima das suas cabeças, ouviram um adejar de asas e viram as silhuetas escuras de abutres e morcegos gigantes. Em qualquer outra altura teriam ficado a tremer de medo, mas a tristeza, o desgosto e o horror da morte de *Aslan* ocupavam-lhes de tal modo o pensamento que mal sentiam receio.

Logo que o bosque tornou a ficar mergulhado no silêncio, Susan e Lucy esgueiraram-se até à clareira no cimo da colina. A Lua ia baixa no horizonte e pequenas nuvens passavam diante dela, encobrindo-a mas, mesmo assim, conseguiram divisar a silhueta do Leão, morto e amarrado. Ajoelharam-se as duas na erva molhada, beijaram-lhe o rosto frio, acariciaram-lhe o pêlo — ou o que dele restava — e choraram até não poderem mais. Depois olharam uma para a outra, deram as mãos por pura solidão e voltaram a chorar; seguidamente ficaram em silêncio. Por fim Lucy disse:

— Não consigo olhar para aquele horrível açaimo. Não poderíamos tirá-lo?

E foi o que tentaram fazer. Depois de muitos esforços (pois tinham os dedos frios e agora a noite estava muito escura) con-

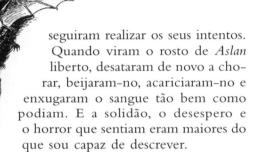

seguiram realizar os seus intentos. Quando viram o rosto de *Aslan* liberto, desataram de novo a chorar, beijaram-no, acariciaram-no e enxugaram o sangue tão bem como podiam. E a solidão, o desespero e o horror que sentiam eram maiores do que sou capaz de descrever.

— E se o desatássemos também? — perguntou Susan por fim.

Todavia, os inimigos, movidos por puro despeito, tinham amarrado as cordas tão bem que as pequenas não conseguiam desfazer os nós.

Espero que ninguém que leia este livro se tenha sentido tão infeliz como Susan e Lucy estavam naquela noite; mas, se isso já vos aconteceu — se ficaram a pé a noite inteira a chorar até não vos restarem mais lágrimas —, sabem que no fim surge uma espécie de quietude. Sentimo-nos como se mais nada pudesse vir a acontecer. De qualquer modo, era assim que se sentiam as duas pequenas. Horas e horas pareceram decorrer nessa calma de morte e elas mal notaram que estavam a ficar cada vez com mais frio. Por fim, Lucy apercebeu-se de mais duas coisas. Uma era que o céu a nascente da colina estava um pouco menos escuro do que uma hora antes. A outra era que havia qualquer movimento ténue na erva a seus pés. A princípio não deu grande importância a isso. Que interessava? Agora nada interessava! Mas, por fim, viu que, fosse aquilo o que fosse, tinha começado a subir as pedras verticais da Mesa de Pedra. E agora, o que quer que era, estava a deslocar-se sobre o corpo de *Aslan*. Olhou com mais atenção. Eram umas coisinhas cinzentas.

— Ui! — exclamou Susan do outro lado da mesa. — Que bicharocos! São ratinhos horríveis que estão a restejar sobre ele. Vão--se embora, bichos! — disse, erguendo a mão para os afugentar.

— Espera! — exclamou Lucy, que tinha estado a olhar para eles ainda com mais atenção. — Não vês o que eles estão a fazer?

As duas garotas inclinaram-se para observar melhor.

— Creio... — hesitou Susan. — Mas que estranho! Estão a roer as cordas!

— Foi o que eu pensei — confirmou Lucy. — Julgo que são ratos amigáveis. Coitadinhos... Não percebem que ele está morto. Julgam que serve de alguma coisa desatá-lo.

Agora havia muito mais luz. Cada uma das raparigas reparou pela primeira vez no rosto lívido da outra. Viam os ratos, dúzias e dúzias, talvez centenas de ratinhos do campo, continuarem a roer. Por fim, uma por uma, as cordas ficaram todas soltas.

Agora o céu a nascente estava esbranquiçado e as estrelas tornavam-se menos brilhantes — excepto uma muito grande, próxima do horizonte, a leste. Susan e Lucy sentiram mais frio do que em qualquer outra altura da noite. Os ratos afastaram-se.

As pequenas removeram os restos das cordas roídas. Sem elas, *Aslan* assemelhava-se mais ao que tinha sido. A cada momento, à medida que a luz aumentava e que o viam mais distintamente, o seu rosto morto parecia mais nobre.

No bosque atrás delas uma ave soltou um som semelhante a uma risada. Havia horas e horas que o silêncio era tal que tiveram um sobressalto. Depois outra ave respondeu-lhe. Daí a pouco havia aves a cantar por todo o lado.

Agora era definitivamente o romper do dia, e não o fim da noite.

— Tenho tanto frio — disse Lucy.

— Eu também — respondeu Susan. — Vamos andar um bocadinho.

Caminharam até ao extremo da colina virado a nascente e olharam para baixo. A última e grande estrela quase tinha desaparecido. Toda a região parecia de um cinzento-escuro, mas mais além, nos confins do mundo, avistava-se o mar pálido. O céu começou a ficar vermelho. As garotas percorreram mais vezes do que lhes seria possível contar a distância entre o Leão morto e o extremo leste da colina, tentanto aquecer; e oh, como tinham as pernas cansadas! Depois, por fim, ao pararem durante um momento a olhar em direcção ao mar e a Cair Paravel (que nessa altura mal conseguiam distinguir), o vermelho tornou-se dourado ao longo da linha onde o céu se encontrava com o mar e, muito lentamente, surgiu a orla do Sol. Nesse momento ouviram um ruído forte atrás delas, como um estalido mas enorme, ensurdecedor, como se um gigante tivesse partido um prato de gigante.

— Que é isto? — perguntou Lucy, agarrando o braço de Susan.

— T... tenho medo de me virar. Está a passar-se qualquer coisa terrível.

— Vão fazer-lhe alguma coisa ainda pior. Anda! — disse Lucy, virando-se e puxando Susan.

O nascer do Sol tinha tornado tudo tão diferente, modificando todas as cores e sombras, que por um instante não se aperceberam do mais importante. Mas depois viram. A Mesa de Pedra estava partida ao meio por uma grande racha que corria de uma ponta à outra; e de *Aslan* nem sinal.

— Oh, oh, oh! — gritaram as duas garotas, correndo para a Mesa.

— Que pena — soluçava Lucy. — Podiam ter deixado o corpo em paz.

— Quem fez isto? — perguntou Susan. — Que significa isto? Será magia?

— Sim! — respondeu uma voz sonora atrás delas. — É mais magia.

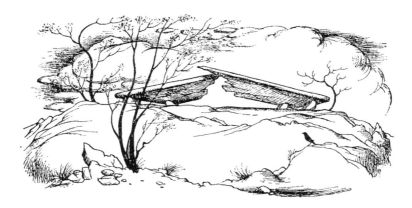

Olharam para trás. Ali, a brilhar sob o Sol nascente, maior do que nunca e a sacudir a juba (pois o pêlo voltara a crescer), estava *Aslan* em carne e osso.

— Oh, *Aslan!* — exclamaram as duas crianças, fitando-o quase tão assustadas quanto contentes.

— Então não estás morto, querido *Aslan?* — perguntou Lucy.

— Agora já não — respondeu o Leão.

— Não és... Não és um...? — perguntou Susan em voz trémula, sem conseguir proferir a palavra *fantasma. Aslan* inclinou a sua cabeça dourada e lambeu-lhe a testa. O calor do seu hálito e um perfume intenso, que parecia desprender-se do pêlo, envolveram-na.

— Tenho ar disso? — perguntou o Leão.

— Oh, o *Aslan* é real! — exclamou Lucy. As duas pequenas precipitaram-se para ele e cobriram-no de beijos.

— Mas que significa tudo isto? — perguntou Susan quando ficaram mais calmas.

— Significa que, embora a Bruxa conheça a Magia Profunda, há uma magia ainda mais profunda e que ela não conhece. O seu conhecimento só vai até à aurora dos tempos. Mas, se ela tivesse conseguido olhar um pouco mais para trás, para a quietude e o silêncio e a escuridão antes da aurora dos tempos, teria descoberto aí uma encantação diferente. Teria sabido que, quando uma vítima que não cometeu qualquer traição é morta em lugar de um traidor, a Mesa parte-se e a própria Morte recua sobre os seus passos. E agora...

— Oh, sim. E agora? — perguntou Lucy aos saltos e a bater as palmas.

— Estou a sentir as minhas forças voltarem — respondeu o Leão. — Ah, crianças, agarrem-me, se puderem.

Ficou de pé durante um segundo, com os olhos muito brilhantes, as pernas vibrantes e açoitando os flancos com a própria cauda. Depois deu um salto muito acima das cabeças delas e foi aterrar do outro lado da Mesa. A rir, embora sem saber porquê, Lucy começou a trepar à Mesa para ir ter com ele. *Aslan* saltou de novo, dando início a uma perseguição louca. Conduzia-as à volta do cimo da colina, ora fora do alcance, ora deixando-as quase agarrar-lhe a cauda, ora dando um salto e indo cair entre elas, ora atirando-as ao ar com as suas patas aveludadas, grandes e belas e apanhando-as de novo, ora estacando inesperadamente, de modo que rolavam os três, a rir de felicidade, numa confusão de pêlos, braços e pernas. Foi uma brincadeira como nunca se viu a não ser em Nárnia; Lucy não conseguia decidir se aquilo se assemelhava mais a brincar com uma tempestade ou com um gatinho. E o mais divertido foi que, quando, por fim, os três ficaram deitados ao sol, ofegantes, as garotas não se sentiam cansadas, nem com fome, nem com sede.

— E agora — anunciou *Aslan* — vamos ao trabalho. Acho que vou rugir. É melhor taparem os ouvidos.

As garotas assim fizeram. *Aslan* ergueu-se e, quando abriu a boca para rugir, o seu rosto tornou-se de tal modo medonho que não ousaram olhá-lo. E viram todas as árvores à frente dele vergar-se ante a rajada de ar do seu rugido como a erva se curva num prado quando o vento sopra. Depois *Aslan* disse:

— Temos uma grande viagem a fazer. Têm de ir montadas em mim.

Baixou-se para elas poderem subir para o seu dorso quente e dourado; Susan sentou-se à frente, bem agarrada à juba, e Lucy atrás, bem agarrada a Susan. Com um grande solavanco, o Leão ergueu-se e partiu, mais depressa do que um cavalo, pela colina abaixo, embrenhando-se no mais denso da floresta.

Essa viagem foi talvez a coisa mais maravilhosa que lhes aconteceu em Nárnia. Já montaram um cavalo a galope? Pensem nisso; e depois eliminem o ruído pesado dos cascos e o tilintar dos arreios e imaginem, em vez disso, o som abafado de grandes patas. A seguir imaginem, em vez da garupa negra, cinzenta ou castanha do cavalo, a suavidade de pêlo dourado e a juba a esvoaçar ao vento. Depois imaginem que estão a seguir a uma velocidade que é quase o dobro da do cavalo de corridas mais veloz. E que esta montada não precisa de que a conduzam e nunca se cansa. Corre sem parar, sem tropeçar e sem hesitações, abrindo caminho com uma perícia perfeita entre os troncos de árvore, saltando sobre arbustos, roseiras bravas e os mais pequenos cursos de água, passando a vau os maiores, nadando para transpor os mais largos de todos. E não se cavalga numa estrada nem num parque, nem sequer nas dunas, mas através de Nárnia, na Primavera, por solenes alamedas de faias e por entre carvalhos banhados de sol, através de pomares de cerejeiras bravas, passando por quedas de água, por rochas cobertas de musgo e por cavernas ressoantes de ecos, subindo encostas serpenteantes ladeadas de giestas, atravessando montanhas cobertas de urze e seguindo ao longo de cordilheiras que causam vertigens; e depois descendo, cada vez mais, até vales selvagens que vão desembocar em vastas extensões de flores azuis.

Era quase meio-dia quando avistaram uma encosta íngreme junto de um castelo — do sítio onde se encontravam assemelhava-se a um pequeno castelo de brincar —, que parecia todo feito de torres pontiagudas. Mas o leão corria a tal velocidade que ele se tornava maior a cada momento e, antes de terem tempo de se perguntar de que se trataria, já estavam perto dele. Agora já não parecia um castelo de brincar, mas erguia-se ameaçador à frente deles. Nenhum rosto espreitava sobre as ameias e os portões estavam bem fechados. *Aslan*, sem abrandar o passo, correu direito a ele como uma seta.

— É a casa da Bruxa! — avisou. — Agora, crianças, agarrem-se bem.

No momento seguinte, o mundo inteiro pareceu ficar de pernas para o ar e as garotas sentiram como se tivessem deixado as tripas para trás, pois o Leão preparou-se para o maior salto que já havia dado e saltou — ou podem dizer que voou em vez de saltar —, passando por cima da muralha do castelo. As duas crianças, de respiração suspensa, mas ilesas, caíram no meio de um vasto pátio de pedra cheio de estátuas.

16

O QUE ACONTECEU
COM AS ESTÁTUAS

—Que lugar extraordinário! — exclamou Lucy. — Todos estes animais de pedra... e pessoas também... É como um museu.

— Chiu — disse Susan. — *Aslan* está a fazer qualquer coisa.

E estava mesmo. Saltara até junto do leão de pedra e bafejava--o. Depois, sem esperar um momento, deu meia volta — quase como se fosse um gato a correr atrás da cauda — e também bafejou o anão de pedra, que (como se recordam) se encontrava a uns metros do leão, de costas para ele. Em seguida saltou para uma dríade de pedra, alta, que se encontrava para lá do anão, virou-se rapidamente para a direita, a fim de se ocupar de um coelho de pedra e precipitou-se sobre dois centauros. Mas, nesse momento, Lucy exclamou:

— Oh, Susan! Olha! Olha para o leão!

Espero que tenham visto alguém aproximar um fósforo aceso de um pedaço de jornal que se encontra numa lareira apagada. Durante um segundo parece que não acontece nada; depois repara-se numa pequena faixa de chama que trepa pela margem do jornal. Agora era assim. Durante um segundo, depois de *Aslan* o ter bafejado, o leão de pedra parecera inalterável. A seguir, uma pequena faixa dourada começou a correr ao longo do seu dorso de mármore branco, que depois alastrou até a cor parecer cobri-lo todo, como uma chama toma conta de um pedaço de papel. O leão sacudiu então a juba e todas as pesadas pregas de pedra se tranformaram em pêlo. Nessa altura abriu uma bocarra vermelha, quente e viva, e soltou um bocejo prodigioso. Seguidamente, foram as patas traseiras a ganhar vida. Ergueu uma e coçou-se. Foi então que, ao avistar *Aslan*, se dirigiu aos saltos para ele, cabriolando à sua volta e soltando latidos de prazer, e começou aos saltos para lhe lamber o focinho.

É claro que os olhos das crianças se voltaram para seguir o leão; mas o espectáculo que viram era tão maravilhoso que em breve se esqueceram dele. Por todo o lado as estátuas ganhavam vida. O pátio já não parecia um museu, mas sim um jardim zoológico. Diversos seres corriam atrás de *Aslan* e dançavam à sua volta até ele ficar quase escondido no meio da multidão. Em vez de todo aquele branco de morte, o pátio cintilava agora de cores: flancos de um castanho-reluzente dos centauros, chifres anilados de unicórnios, plumagem deslumbrante de aves, castanho-avermelhado de raposas, cães e sátiros, meias amarelas e barretes carmesins de anões, raparigas-vidoeiros cor de prata, raparigas-faias de um verde fresco e transparente e raparigas-lariço de um verde tão vivo que era quase amarelo. E, em vez do silêncio de morte, todo o lugar ressoava com o som de alegres rugidos, zurros, latidos, uivos, guinchos, arrulhos, relinchos, tropéis, gritos, vivas, canções e risos.

— Oh! — exclamou Susan num tom de voz diferente. — Olha! Pergunto-me... Aquilo será seguro?

Lucy olhou e viu que *Aslan* tinha acabado de bafejar os pés do gigante de pedra.

— Não há problema! — gritou *Aslan* alegremente. — Mal os pés fiquem bem, todo o resto se vai seguir.

— Não era isso que eu queria dizer — segredou Susan a Lucy. Mas agora, mesmo que *Aslan* a tivesse ouvido, era tarde de mais para fazer fosse o que fosse. A transformação já trepava pelas pernas do gigante, que agora começava a mexer os pés. Um momento mais tarde punha a clava ao ombro, esfregava os olhos e dizia:

— Caramba! Devo ter estado a dormir. Ora esta! Onde se meteu essa bruxazeca dos diabos que estava a correr lá em baixo? Estava mesmo junto dos meus pés.

Mas, depois de todos lhe terem explicado aos gritos o que tinha acontecido e depois de o gigante ter levado a mão ao ouvido e de os ter feito repetir tudo, até por fim perceber, curvou-se até a sua cabeça ficar à altura do alto de uma meda de feno e levou várias vezes a mão ao turbante, saudando *Aslan*, com o seu rosto feio e honesto cheio de alegria. (Os gigantes de qualquer tipo são agora tão raros em Inglaterra e são tão poucos os que têm bom feitio que — aposto — vocês nunca viram um gigante com o rosto cheio de alegria. É um espectáculo digno de se ver.)

— E agora vamos ver a casa por dentro! — declarou *Aslan*.
— Mexam-se todos! No andar de cima, no piso de baixo e no
quarto da dama! Procurem em todos os cantos. Nunca se sabe
onde um pobre prisioneiro pode estar escondido.

Todos se precipitaram para o interior e durante vários minutos aquele castelo escuro, horrível, bafiento e velho ecoou com
o abrir de janelas e com as vozes de todos a gritar em uníssono:

— Não se esqueçam das masmorras!

— Ajudem-nos aqui com esta porta!

— Aqui está outra escada de caracol!

— Oh! Olhem! Um pobre canguru. Chamem o *Aslan*.

— Pff! Que cheirete!

— Procurem alçapões.

— Aqui em cima! Há muito mais no patamar!

Mas o melhor de tudo foi quando Lucy subiu as escadas aos gritos:

— *Aslan*! *Aslan*! Encontrei o Sr. Tumnus. Vem depressa.

Um instante mais tarde, Lucy e o pequeno fauno estavam de mãos dadas, a dançar de alegria. O Sr. Tumnus não parecia nada ralado por ter sido transformado em estátua e é claro que estava muito interessado em tudo o que ela tinha para lhe contar.

Por fim, a busca à fortaleza da Bruxa terminou. Todo o castelo ficou vazio, com todas as janelas e portas abertas e a luz e o ar doce da Primavera a entrarem a jorros em todos os sítios escuros e maléficos que tanto necessitavam deles. A multidão de estátuas libertadas precipitou-se para o pátio. E foi aí que alguém (suponho que Tumnus) perguntou pela primeira vez:

— Mas como vamos sair?

Isto porque *Aslan* entrara de um salto e os portões ainda estavam trancados.

— Não há problema — respondeu *Aslan*, que se ergueu nas patas traseiras e rugiu para o gigante: — Ei! Tu aí em cima! Como te chamas?

— Gigante Roncatrunca, para o servir, Majestade — respondeu o gigante levando mais uma vez a mão ao turbante.

— Muito bem, gigante Roncatrunca. És capaz de nos tirar daqui?

— Com certeza, Majestade. Será um prazer. Afastem-se bem da entrada, pequenitos.

Com grandes passadas, dirigiu-se às portadas e bang-bang--bang, deu-lhes com a sua grande clava. As portadas racharam--se à primeira pancada, partiram-se à segunda e desfizeram-se à terceira. Depois atirou-se às torres de cada lado e, decorridos uns minutos de golpes e pancadas, as duas torres e um bom bocado de muralha desmoronaram-se, ficando reduzidos a nada; quando a poeira assentou, foi estranho, naquele pátio seco, sinistro e frio, verem através da abertura toda a erva e as árvores a baloiçar, os riachos cintilantes da floresta, as colinas azuis mais além e, ainda mais além, o céu.

— Fiquei a suar por todos os poros — exclamou o gigante, a arfar como uma enorme locomotiva. — É por não estar em forma. Alguma das meninas terá um lencinho que me empreste?

— Eu tenho — respondeu Lucy, pondo-se em bicos de pés e estendendo o lenço tão alto quanto podia.

— Obrigado, menina — agradeceu o gigante Roncatrunca, inclinando-se. No momento seguinte, Lucy assustou-se ao ver-se apanhada e suspensa no ar, presa entre o polegar e o indicador do gigante. Porém, quando já estava próximo do seu rosto, ele teve um súbito sobressalto e pô-la cuidadosamente no chão, a resmonear: — Caramba! Apanhei a rapariguinha em vez do lenço de assoar. Desculpe, menina, confundi-a com o lenço!

— Não tem importância — respondeu Lucy a rir. — Aqui está ele!

Desta vez o gigante conseguiu apanhá-lo. Para ele era apenas do tamanho de uma pastilha elástica; por isso, quando Lucy o viu esfregá-lo solenemente no seu grande rosto vermelho, disse:

— Receio que o lenço não lhe sirva de grande coisa, Sr. Roncatrunca.

— Serve muito bem. Serve muito bem — respondeu o gigante com delicadeza. — Nunca vi lenço mais bonito. Tão delicado, tão jeitoso. Tão... nem sei como hei-de descrevê-lo.

— Que gigante tão simpático que este é — comentou Lucy para o Sr. Tumnus.

— Pois é — retorquiu o Fauno. — Os Truncas foram sempre muito simpáticos. São uma das famílias de gigantes mais respeitadas de Nárnia. Talvez não sejam muito inteligentes (nunca conheci um gigante que o fosse), mas são uma família antiga, cheia de tradições. Se não fosse assim, ela não o tinha transformado em pedra.

Nessa altura *Aslan* bateu as patas a pedir silêncio.

— O nosso trabalho do dia ainda não está terminado e, se queremos derrotar a Bruxa antes de irmos para a cama, temos de descobrir imediatamente onde se trava a batalha.

— E entrar nela, espero, Majestade! — acrescentou o maior dos centauros.

— Claro — assentiu *Aslan*. — E imediatamente! Os mais fracos, ou seja crianças, anões e animais pequenos, irão a cavalo nos mais fortes, isto é, leões, centauros, unicórnios, cavalos, gigantes e águias. Os que tiverem bons narizes irão à frente connosco, leões, para farejarem o lugar onde está a decorrer a batalha. Apressem-se e dividam-se.

Os outros obedeceram-lhe por entre hurras e vivas. O mais contente do grupo era o outro leão, que não parava de correr por todo o lado a fingir que estava muito ocupado, mas afinal apenas para dizer a todos os que encontrava:

— Ouviram o que ele disse? Connosco, *Leões*. É isso que me agrada no *Aslan*. Não se arma em superior. Connosco, *Leões*. Referia-se a ele e a mim.

E continuou a repetir aquilo até *Aslan* o carregar com três anões, uma dríade, dois coelhos e um ouriço-cacheiro, o que o acalmou um bocado.

Quando todos estavam prontos (acabou por ser um grande cão-pastor o que mais ajudou *Aslan* a separá-los e a pô-los por ordem), partiram através da abertura na muralha do castelo. A princípio, os leões e os cães farejavam em todas as direcções. Mas, de súbito, um grande mastim detectou a batalha e soltou um latido. A partir daí não perderam tempo. Dentro em pouco, todos os cães, leões, lobos e outros animais caçadores corriam a grande velocidade com o nariz colado ao chão e todos os outros, que se estendiam cerca de um quilómetro atrás deles, os seguiam tão depressa quanto podiam. O barulho era como o de uma caçada à raposa em Inglaterra, mas ainda melhor, porque, de

quando em quando, à música dos mastins juntava-se o rugido do outro leão e, por vezes, o rugido mais profundo e mais temível do próprio *Aslan*. A velocidade aumentava à medida que o odor se tornava mais fácil de detectar. Ao chegarem à última curva de um vale estreito e serpenteante, Lucy ouviu um ruído acima de todo aquele barulho — um som diferente, que lhe provocou uma estranha sensação. Era o ruído de gritos e guinchos e de objectos de metal a entrechocarem-se.

Saíram então do vale estreito e Lucy percebeu imediatamente o que era. Lá estava Peter, Edmund e todo o resto do exército de *Aslan* a combaterem desesperadamente contra a multidão de horríveis seres que vira na noite anterior; só que agora, à luz do dia, ainda pareciam mais estranhos, mais maléficos e mais deformados. Também davam a impressão de serem muito mais. O exército de Peter — que se encontrava de costas para ela — parecia insignificante. Todo o campo de batalha estava salpicado de estátuas, o que dava ideia de que a Bruxa andara a usar a sua varinha, embora nesse momento não parecesse estar a utilizá-la. Lutava com a sua faca de pedra. Combatia com Peter e ambos punham tal calor na refrega que Lucy mal conseguia distinguir o que se estava a passar: via apenas a faca de pedra e a espada de Peter a flamejarem tão rapidamente que parecia tratar-se de três facas e três espadas. Esse par encontrava-se no centro e de cada lado estendia-se uma fileira. Para onde quer que Lucy olhasse, só via coisas terríveis.

— Saltem do meu dorso, crianças — gritou *Aslan*.

Foram as duas parar ao chão. Depois, com um rugido que fez estremecer Nárnia desde o candeeiro, a ocidente, até à costa, a oriente, o grande animal atirou-se à Bruxa Branca. Lucy viu o rosto desta erguer-se para ele durante um segundo, com uma expressão de surpresa e de terror. O Leão e a Bruxa rolaram no solo, mas com ela por baixo; no mesmo instante, todos os guerreiros que *Aslan* havia trazido de casa da Bruxa correram que nem loucos até às linhas do inimigo — anões com machados, cães com dentes, o gigante com a clava (e os pés, que também esmagaram dezenas de inimigos), unicórnios com chifres, centauros com espadas e cascos. O exército exausto de Peter saudou-os com vivas, os recém-chegados rugiram, o inimigo guinchou e balbuciou até que por todo o bosque ressoou o estrondo daquela investida.

17

A CAÇADA AO VEADO BRANCO

Uns minutos após a sua chegada, a batalha estava terminada. A maior parte dos inimigos tinha sido morta na primeira investida de *Aslan* e dos companheiros; os que ainda estavam vivos, ao perceberem que a Bruxa tinha morrido, renderam-se ou puseram-se em fuga. O que Lucy viu a seguir foi Peter e *Aslan* a trocarem um aperto de mão. Achou estranho ver Peter com um ar tão sério e um rosto tão pálido que até parecia mais velho.

— Foi tudo obra do Edmund, *Aslan* — explicava Peter. — Se não fosse ele, teríamos sido derrotados. A Bruxa estava a transformar as nossas tropas em pedra à esquerda e à direita. Mas nada foi capaz de o deter. Abriu caminho a combater contra três ogres até chegar aonde ela estava a transformar um dos leopardos em estátua. E, assim que chegou perto dela, teve o bom senso de dar uma espadeirada na varinha, em vez de tentar atingi-la directamente, para não se ver transformado em estátua. Uma vez a varinha partida, as nossas hipóteses teriam aumentado... se não tivéssemos já perdido tantos soldados. Ele está muito ferido. Temos de ir vê-lo.

Encontraram a mulher do Sr. Castor a tomar conta de Edmund um pouco longe das linhas de batalha. Ele estava coberto de sangue, com a boca aberta e o rosto de uma cor esverdeada.

— Depressa, Lucy — disse *Aslan*.

Então, pela primeira vez, Lucy lembrou-se do licor precioso que lhe havia sido dado como prenda de Natal. As mãos tremiam-lhe tanto que mal podia desenroscar a tampa, mas por fim conseguiu e despejou umas gotas na boca do irmão.

— Há mais feridos — disse *Aslan* enquanto ela ainda estava a olhar, ansiosa, para o rosto pálido de Edmund e a perguntar-se se o licor faria efeito.

— Sim, eu sei — respondeu Lucy com mau modo. — Espera um instante.

— Filha de Eva — insistiu *Aslan* numa voz mais grave —, os outros também estão a morrer. Terão de morrer mais pessoas por causa de Edmund?

— Desculpa, *Aslan* — disse Lucy, levantando-se e dirigindo-se a ele.

Passaram a meia hora que se seguiu muito ocupados — ela a tratar dos feridos, ele a desencantar os que tinham sido transformados em pedra. Quando por fim pôde voltar para junto de Edmund, Lucy encontrou-o de pé, não só curado das feridas, mas com um aspecto melhor do que tivera nos últimos tempos... Bem, há séculos; de facto, desde o primeiro período nessa escola horrenda, quando Edmund tinha começado a portar-se mal. Agora estava como antes disso e era capaz de olhar uma pessoa nos olhos. E ali, no campo de batalha, *Aslan* armou-o cavaleiro.

— Ele sabe o que o *Aslan* fez por ele? — segredou Lucy a Susan. — Sabe qual era a combinação que fez com a Bruxa?

— Chiu! Não. Claro que não — respondeu Susan.

— Não lhe devíamos dizer?

— Oh, claro que não. Seria terrível para ele. Pensa como te sentirias se fosse contigo.

— Mesmo assim, acho que ele devia saber — reiterou Lucy.

Porém, nessa altura, foram interrompidas.

Naquela noite dormiram mesmo ali. Aonde foi *Aslan* desencantar comida para todos, não sei; mas, seja como for, por volta das oito horas sentaram-se todos na relva a tomar um belo chá.

No dia seguinte, começaram a marchar em direcção a leste, seguindo o curso do grande rio. E, no outro dia, por volta da hora da merenda, alcançaram a foz. O castelo de Cair Paravel, no cimo da sua pequena colina, erguia-se bem alto diante deles; à sua frente também se estendia o areal, com rochas, pequenas poças de água salgada e algas, o perfume do mar e uma vasta extensão de ondas de um azul-esverdeado a rebentarem incessantemente na praia. E, ah, os gritos das gaivotas! Já alguma vez os ouviram? Recordam-se?

Nessa noite, depois de comerem, as quatro crianças conseguiram voltar à praia, descalçar os sapatos e as meias e sentir a areia entre os dedos dos pés. Porém, o dia seguinte foi mais solene, pois, no Grande Salão de Cair Paravel — esse salão maravilhoso com o tecto de marfim e as paredes cobertas de penas de pavão e a porta a abrir para leste, para o lado do mar —, na presença de todos os seus amigos e ao som de trombetas, *Aslan* coroou-os solenemente e conduziu-os aos quatro tronos entre gritos ensurdecedores de «Viva o Rei Peter! Viva a Rainha Susan! Viva o Rei Edmund! Viva a Rainha Lucy!».

— Uma vez que se é rei ou rainha de Nárnia, é-se rei ou rainha para sempre. Não se esqueçam, Filhos de Adão! Não se esqueçam, Filhas de Eva! — disse *Aslan*.

E, através da porta que dava para leste e que se encontrava aberta de par em par, chegavam as vozes dos tritões e das sereias que nadavam perto da margem e cantavam em honra dos seus novos Reis e Rainhas.

As crianças sentaram-se nos tronos, receberam os ceptros e deram recompensas e conferiram honrarias a todos os seus amigos, o Fauno Tumnus, os Castores, o Gigante Roncatrunca, os leopardos e os bons centauros, os anões bons e o leão. Nessa noite houve uma grande festa em Cair Paravel, com danças e folguedos, ouro a cintilar e vinho a correr; e, como que em resposta à música lá dentro, mas mais estranha, mais doce e mais penetrante, chegava-lhes a música do Povo do Mar.

Porém, entre todo aquele regozijo, *Aslan* desapareceu. E, quando os Reis e as Rainhas repararam que ele não estava presente, nada disseram acerca do assunto, pois o Sr. Castor avisara-os:

— Ele vai ir e vir. Um dia vêem-no, no outro não. Ele não gosta de estar preso e claro que tem outros países com que se ocupar. Não há problema. Vai aparecer muitas vezes. Só que não devem pressioná-lo. Ele é selvagem, sabem? Não é como um leão domesticado.

E agora, como vêem, esta história já está quase (mas ainda não completamente) no fim. Os dois Reis e as duas Rainhas governaram bem Nárnia e o seu reinado foi longo e feliz. A princípio passaram muito tempo em busca do que restava do exército da Bruxa Branca para o destruir e durante meses houve notícias de seres maléficos que se acoitavam nas partes mais bravias da floresta — de um espectro aqui e de alguém que era morto ali, de um lobisomem num mês e de rumores acerca de uma bruxa no seguinte. Mas todos esses seres pérfidos acabaram por ser esmagados. Os quatro irmãos fizeram boas leis, mantiveram a paz, impediram que árvores boas fossem abatidas sem necessidade e, de um modo geral, puseram cobro a intrometidos e mexeriqueiros e encorajaram pessoas vulgares que queriam viver e deixar viver. Repeliram os gigantes ferozes (tão diferentes do gigante Roncatrunca) para o Norte de Nárnia quando estes se atreveram a passar a fronteira. Travaram relações de amizade e fizeram alianças com países de além-mar, onde foram em visitas de estado e dos quais receberam visitas de estado. E eles próprios cresceram e se modificaram com o decorrer dos anos. Peter tornou-se um homem alto, entroncado e um grande guerreiro, e o povo de Nárnia chamava-lhe Rei Peter, *o Magnífico*. Susan transformou-se numa mulher graciosa, de cabelo preto, que quase lhe chegava aos pés, e os reis dos países de além-mar começaram a enviar embaixadores para pedir a sua mão. Chamavam-lhe Rainha Susan, *a Gentil*. Edmund era um homem mais grave e mais calmo do que Peter, bom a tomar decisões e a dar o seu parecer. Chamaram-lhe Rei Edmund, *o Justo*. Mas, quanto a Lucy, foi sempre alegre e de cabelo dourado; todos os príncipes dessas paragens a desejavam para rainha e o seu povo chamou-lhe Rainha Lucy, *a Valorosa*.

E assim viveram em grande alegria e, se alguma vez recordavam a sua vida neste mundo, era apenas como se recorda um sonho. Certa vez aconteceu que Tumnus (que nessa altura era um Fauno de meia-idade e começava a engordar) desceu o rio e voltou com notícias de que o Veado Branco aparecera mais uma vez nessas paragens — o Veado Branco que realizava os desejos de quem o apanhasse. Por isso os dois Reis e as duas Rainhas, com os membros principais da corte, organizaram uma caçada com trompas e cães de caça nas montanhas do Oeste para seguir o Veado Branco. Pouco tempo depois avistaram-no. O animal conduziu-os muito tempo sobre terreno ora liso ora pedregoso, através de vegetação ora rala ora densa, até os cavalos de todos os cortesãos estarem fatigados e só os quatro o seguirem. Então o Rei Peter (visto agora falarem num estilo muito diferente, por serem reis e rainhas havia tanto tempo) declarou:

— Caros irmãos, desmontemos agora e sigamos este animal no mais denso do bosque, pois nunca na minha vida persegui presa mais bela do que esta.

— Façamos como dizeis — responderam os outros.

Assim, desmontaram, amarraram os cavalos a árvores e penetraram a pé no bosque cerrado. Mal aí entraram, a Rainha Susan disse:

— Bons amigos, vede este prodígio. Parece-me avistar uma árvore de ferro.

— Se atentardes bem, Senhora — retorquiu o Rei Edmund —, vereis que se trata de um pilar de ferro com uma lanterna no topo.

— Pela Juba do Leão, estranho engenho é este! — exclamou o Rei Peter. — Pôr uma lanterna aqui, onde as árvores são tão cerradas em redor dela e acima dela que, se estivesse acesa, não daria luz a vivalma!

— Senhor — retorquiu a Rainha Lucy —, é provável que, quando este poste e esta lanterna aqui foram colocados, as árvo-

res fossem mais pequenas, ou em menor número, ou nem sequer houvesse árvore alguma. Pois este bosque é jovem e o poste de ferro é velho.

E ali ficaram a contemplá-lo até o Rei Edmund dizer:

— Ignoro o que se passa, mas este poste com a sua lanterna exerce sobre mim um estranho efeito. Acode-me ao espírito a impressão de o ter já visto, não sei se em sonhos, se no sonho de um sonho.

— Connosco passa-se o mesmo, Senhor — responderam todos os outros.

— E algo mais, ainda. Pois algo me diz — acrescentou a Rainha Lucy — que, se passarmos este poste e esta lanterna, depararemos com estranhas aventuras ou dar-se-á uma grande mudança no nosso destino.

— O meu coração está tomado pelo mesmo pressentimento, Senhora — apoiou o Rei Edmund.

— E o meu, querido irmão — acrescentou o Rei Peter.

— Bem como o meu — confirmou a Rainha Susan. — Daí, é meu conselho que regressemos para junto dos nossos cavalos e não continuemos a seguir esse Veado Branco.

— Senhora — disse o Rei Peter —, disso vos rogo que me excuseis. Pois, desde que somos Reis e Rainhas de Nárnia, nunca nos empenhámos em nenhuma questão, fossem batalhas, buscas, feitos de armas, actos de justiça e outros semelhantes para depois desistirmos; empresa a que metemos ombros, sempre levámos a cabo.

— Irmã — opinou a Rainha Lucy —, o meu real irmão tem razão. E parece-me que devia ser-nos motivo de vergonha se, movidos por receio ou qualquer pressentimento, deixássemos de seguir tão nobre animal como aquele que ora perseguimos.

— Faço minhas vossas palavras — interveio o Rei Edmund.
— E tenho tal desejo de encontrar o significado disto que nem a jóia mais preciosa de todo o reino de Nárnia e de todas as ilhas me faria desistir.

— Então, em nome de *Aslan* — concluiu a Rainha Susan —, se essa é a vontade de todos, prossigamos e enfrentemos as aventuras que se nos depararem.

Deste modo, os Reis e as Rainhas entraram no bosque e ainda não tinham dado uma dezena de passos quando se lembraram de que a coisa que haviam visto se chamava um candeeiro e, antes de terem dado outros vinte passos, repararam que estavam a abrir caminho, não entre ramos, mas entre casacos. E no momento seguinte saíram de rompante pela porta de um guarda-fatos para uma sala vazia; e já não eram Reis nem Rainhas à caça de um veado, mas apenas Peter, Susan, Edmund e Lucy, com as suas antigas roupas. Estava-se no mesmo dia e à mesma hora em que se tinham ido esconder no guarda-fatos. A Sr.ª Macready e os visitantes ainda falavam no corredor; mas, por sorte, não entraram no quarto vazio e as crianças não foram apanhadas.

E este seria o fim da história se não se tivesse dado o caso de acharem que deviam explicar ao professor o motivo por que faltavam quatro casacos do guarda-fatos. O professor, que era um homem extraordinário, não lhes disse que não fossem patetas nem que não contassem mentiras e acreditou na história toda.

— Não — disse ele. — Não acho que seja boa ideia tentar ir outra vez pela porta do guarda-fatos para recuperar os casacos. Por esse caminho não chegavam a Nárnia. E, mesmo que chegassem, agora os casacos já não vos serviam de muito. Hem? Que dizem vocês? Sim, claro que um dia vão voltar a Nárnia. Quando se é Rei em Nárnia uma vez, é-se Rei em Nárnia para sempre.

Mas não tentem usar o mesmo caminho duas vezes. Em boa verdade, não *tentem* chegar lá. Isso vai voltar a acontecer quando menos esperarem. E não falem demasiado do assunto, nem sequer uns com os outros. Não o mencionem a mais ninguém, a menos que descubram que se trata de pessoas que tiveram aventuras do mesmo género. O quê? Como irão saber? Vão saber muito bem. Coisas estranhas que eles dizem, e até mesmo o seu ar, irão trair o segredo. Mantenham os olhos bem abertos. Valha-me Deus, que é que ensinam a estas crianças na escola?

E assim terminou a aventura do guarda-fatos. Mas, se o professor estava certo, tratava-se apenas do início das aventuras em Nárnia.

As Crónicas de Nárnia